I0612848

Hermann Sudermann

Im Zwielicht

Zwanglose Geschichten

Hermann Sudermann

Im Zwielicht

Zwanglose Geschichten

ISBN/EAN: 9783955631437

Auflage: 1

Erscheinungsjahr: 2013

Erscheinungsort: Bremen, Deutschland

Im Zwielicht.

Zwanglose Geschichten

von

Hermann Sudermann.

Achtzehnte Auflage.

Stuttgart 1896.
Verlag der J. G. Cotta'schen Buchhandlung
Nachfolger.

Druck der Union Deutsche Verlagsgesellschaft in Stuttgart.

Seiner ungenannten Freundin

in alter Verehrung

der Verfasser.

Die Sterne, die man nicht begehrt.

Wie — nach der Lampe wollen Sie klingeln? — Wofür strafen Sie mich so hart? — — Seien Sie gut, liebste Freundin, wir beide dürfen uns den Luxus schon erlauben, zwischen Sternenschein und Abendröte bei einander zu hocken ... Ihnen wird der Puls nicht höher schlagen, auf Ihren Wangen wird kein verräterisches Rot sich schamhaft in der Finsternis verbergen wollen — —

Und was mich betrifft ... nun, Sie wissen ja, ich bin gut gezogen ... ich komme aus Ihrer Schule — leider! —

Dieser Seufzer, meinen Sie, sei an sich schon eine Ungezogenheit! Er galt nicht Ihnen — beileibe nicht — wie dürft' ich das wagen? — er galt vielmehr dem fallenden Sterne dort, der im geeignetsten Momente — Sie sahen ihn doch? — Und sahen Sie, wie er von der kalten, stahlblauen Himmelshöhe sich loslöste, in leuchtendem Bogen niederschoß und in dem Purpur des Abendrots ertrank, gleichwie in einem Flammenmeer von Leidenschaft? —

Wissen Sie, was dieses feurige Symbol uns Männern bedeutet? Ja, wundern Sie sich nicht, wenn ich plötzlich die Arme zum Sternenhimmel emporstrecke und voll Inbrunst in den Aether hinausrufe:

„Hier unten sitzt ein armer, sündiger Erdensohn. Er fleht euch an, ihr hohen Sterne: einer von euch, ein einziger nur, soll sein leuchtendes Antlitz gewährend zu mir herniederneigen und die große Gefälligkeit haben, mir in den Schoß zu fallen. . . . Ich kann dich ja so nötig brauchen, du schöner, unbekannter Stern, der du mir bestimmt bist, ohne daß einer von uns beiden vorläufig was davon weiß; an deines Atems Gluten will ich mein einsames Herz erwärmen; will mit deinem Strahlenauge eine höchst wissenschaftliche Sterndeuterei treiben, und die einzige Frage, deren Antwort ich darin lesen will — mit Perhorrescierung jeglichen Fernrohrs, versteht sich! — diese einzige große, kopernikanische Frage soll lauten: ‚Liebst du mich?‘"

So — hab' ich Ihnen diese poesievolle Rede etwa gehalten, damit Sie mich auslachen? — Und nun citieren Sie gar noch das schöne Verschen:

„Die Sterne, die begehrt man nicht!"

Ja, warum begehrt man sie nicht? Kourage haben ist alles! — Warum hat man diese Kourage nicht? —

Und Sie entgegnen mir darauf: Weil jedermann weiß, daß die Sterne, treu den Gesetzen des Himmels, wunschlos auf den ewigen Bahnen wandeln, die ihnen vorgezeichnet sind, und nichts zur Antwort haben als ein eisiges Lächeln, wenn drunten irgendwo ein Narr sie anschmachtet! —

Mit dem Narren meinen Sie selbstverständlich nicht mich.

Und übrigens! Muß ich angesichts jenes Sternes, den wir beide fallen sahen, noch erst zu beweisen suchen, wie wenig haltbar die himmlischen Gesetze sind, denen Sie schlankweg Ewigkeit zusprechen? Sahen wir nicht, wie er mir nichts, dir nichts dem Banne der Keplerschen Gesetze entschlüpfte und sich kopfüber einem sehnenden Erdensohne in die Arme warf? Denn gewiß saß dort im Abendrot einer dieser Narren, die Sie so verächtlich behandeln, und breitete die Arme aus, den sehnenden Blick zu den Sternen emporgewandt!

Da gibt es eine provençalische Sage, die behauptet, jeder fallende Stern sei eine irrende Frauenseele, die ins Paradies eingehe. Ins Paradies der Liebe, füg' ich hinzu, in das sie sich gebannt sieht durch einen kühnen Mannes= willen, der so allmächtig ward, daß selbst die Gesetze des Himmels sich ihm beugten. Und da sagen Sie mir nun: „Die Sterne, die begehrt man nicht."

Wenn Sie aber fein stille halten und mir zur größeren Sicherheit den Griff des Glockenzuges in die Hände geben, so will ich Ihnen als Erläuterung Ihres Citats eine Ge= schichte erzählen, die — doch Sie werden ja sehen.

Der Marchese Lagri hat eine Oper geschrieben. „Le nozze del banditto" heißt sie und ist wohl nicht besser, vielleicht auch nicht schlechter als das Dutzend sonstiger Banditenhochzeiten, mit welchen italienische Komponisten die Welt beglückt haben. Für einen vornehmen amatore ist sie jedenfalls gut genug; und als mehr will der junge Marchese

auch nicht gelten, da sein musikalischer Ehrgeiz nach seinem
Eintritte in die große Welt durch die Erfolge, die er als
Lebemann genoß, zu einer wohlthuenden Lauwärme herab-
gedämpft worden ist.

Er gilt als einer der elegantesten Kavaliere des jungen
Rom; in seinem luxuriösen Junggesellenheim am Fuße des
Monte Pincio werden kleine verschwiegene Feste gefeiert,
von welchen bei den Morgenvisiten die vornehmen Damen
sich wunderbare Sachen in die Ohren flüstern, und wenn
er über den Korso reitet, bleibt manch strahlendes Auge
in selbstvergessener Bewunderung an der stolzen, jugendlichen
Gestalt, an dem vornehmen, dunkelbärtigen Antlitz haften,
hinter dessen interessanter Blässe eine Fülle zartester Geheim-
nisse sich zu verbergen scheint.

Ja, wenn er plaudern wollte! — allein er plaudert
nicht. Sein Mund gleicht einer Kirchhofspforte. Und der
Ruf unbedingter Diskretion, der ihm voranläuft, dient noch
dazu, seine Erfolge zu vervielfältigen.

Ja, er ist ein glücklicher Mann, unser Marchese, und
ich muß einen Seufzer des Neides hinunterschlucken, wenn
ich an ihn denke.

Freilich hat auch er seine trüben Stunden. An jenen
Vormittagen, welche in Wein und Liebe durchschwärmte
Nächte leider im Gefolge haben, und von denen auch die
seligen Engel sagen würden: „sie gefallen uns nicht", sitzt
er, die schmerzende Stirn in die blassen, schmalen Hände
gestützt, und brütet mit düsteren Brauen über düsteren Gedanken. — Das zwecklose Dasein — die zerschellten Ideale —
die wachsende Leere in der Brust — die unaufgeführte

Oper und das greuliche Kopfweh — — o, man kennt das alles!

An einem solchen Vormittage, zu Ende des Monats April, geschah es, daß er von einem befreundeten Kapell- meister, der in einer Stadt des hohen Nordens — nennen wir diese Stadt Stockholm — den Stab des Dirigenten schwang, einen in heimatliche Glut getauchten Brief erhielt:

„Geliebter Marchese!

Sieg! — ich umarme Sie — ja — Sieg! schrei' ich. Gelungen ist's mir, zu einem großen Feste — baldigst wird es stattfinden — die großen Scenen des zweiten Aktes aus Ihrer „No. d. B." zur Aufführung zu bringen. Marchese, nichts fesselt Sie an Rom; wie wäre es, wenn Sie das Dampfroß bestiegen und herüberflögen, die Proben Ihres Meisterwerkes selber zu leiten? — Und wenn Sie noch zögern: Marchese, die Blonden, die Blonden! — — Sie kennen sie nicht, Sie ahnen sie nicht; die Inglesi, die auf den Trümmern des Forums herumkriechen, sind Gespenster dagegen. Zu Tausenden laufen Göttinnen hier auf den Straßen umher, die Haare aus Sonnengold gesponnen, die Augen von der Farbe unseres Campagnahimmels! Da ist der Stern unserer Oper — Fröken Dagmar heißt diese herrlichste der Bar- barentöchter. — Marchese, welch ein Weib! — Sie wird Ihre Viola singen — sie hat Ihr Bild gesehen — sie nennt Sie einen schönen Mann. — Kommen Sie, —

auch sonst haben brünette Jünglinge manch eine Chance
hier! — Kommen Sie rasch!

Marchese, die Blonden!

Eurer Herrlichkeit unterthänigster
Martinuccio.

P. S. Vergessen Sie den Pelz nicht."

Der Marchese jubelte auf. — Das war es, was ihm
fehlte, um seinem stagnierenden Leben neue Quellen zuzu-
führen.

Er ließ seine Koffer packen, schrieb ein halbes Dutzend
rührender Abschiedsbriefe und fuhr leichten Herzens zur
Bahn. Selbst der Gedanke, daß er in der Eile leichtlich
die Adressen verwechselt haben könnte, war nicht im stande,
ihn seiner Glückseligkeit zu entreißen.

Aber die Wandlung kam rascher, als er geahnt hatte.

Als er vier Tage später die Wunder des nordischen
Venedigs vor seinen Blicken liegen sah, war er vor lauter
Frost so wütend geworden, daß er nur den einen Wunsch
empfand, dieses Barbarennest an allen vier Ecken anzünden
zu dürfen, um sich an seinen Gluten zu durchwärmen. Der
arme Martino! Mit seiner langen, klapperdürren Gestalt
und seinem flatternden Rabenhaar stand er am Landungs-
platz und streckte dem nahenden Freunde liebeglühend die
mageren Arme entgegen. Aber ihm geschah schon recht.
Die Begrüßung, die ihm zu teil ward, entsprach durchaus
den Temperaturverhältnissen.

Doch schon nach einer halben Stunde, als die beiden
Freunde in einem behaglich geheizten Salon des Hotel Ryd-

berg am Abendbrotstische saßen und auf Martinos Klingeln eine blonde, hochbusige Brunhildengestalt mit züchtigen Augen und zahmem Lächeln zur Thür hereintrat, um sich nach den Befehlen der Herren zu erkundigen, begann der Marchese zu ahnen, daß er alsbald mit seinem Schicksal versöhnt sein werde.

„Gibt es hier viele von diesem Schlage?" fragte er, indem er die hohe Gestalt, die sich gar anmutig in den Hüften zu wiegen verstand, mit leuchtenden Blicken verfolgte.

Sein Herz hatte bedenklich zu klopfen begonnen.

Der Kapellmeister geriet auf diese Frage hin sofort in Begeisterung.

„O padrone carissimo!" rief er, „so ist ja alles, was hier kreucht und fleucht. Und wenn Eure Herrlichkeit erst noch die Elite kennen lernen wollten. — Marchese, die Blonden, die Blonden!"

Und in einem Anfall von Raserei wühlte er sich in den schwarzen Lockensträhnen.

„Aber," fuhr er in leidenschaftlichem Flüstertone fort, „die Schönste der Schönen, die unnahbare Königin des Nordens, sie hab' ich meinem teuren Gönner bestimmt."

„Jene, — wie nannten Sie sie doch?"

„Ja, — jene — jene — jene! Morgen vor der Opernprobe werden Sie sie kennen lernen."

Das Herzklopfen des Marchese verstärkte sich noch.

Am andern Morgen brauchte er zwei Stunden zu seiner Toilette. Einer solchen Zeitverschwendung hatte er noch nie ein Weib für wert gehalten.

„Ist sie das — ist sie das?" fragte er leise den Freund bei jeder der hohen blonden Gestalten, an denen dieser ihn im Vestibül des Opernhauses mit leichtem, vertraulichem Gruße vorüberführte.

Martino hatte zur Antwort nur ein Achselzucken.

Endlich klopfte er an eine kleine, mit Decken verhängte Thür, welche das Ende eines schmalen, spärlich erleuchteten Ganges bildete.

„Ihre Garderobe," flüsterte er dem bebenden Marchese zu, und durch das Schlüsselloch rief er: „Ich bin's, Signora — ich und der Freund — Sie wissen."

„Ich bitte," rief eine Stimme von dunklem, vollem Timbre.

Eine Lichtflut strömte durch die geöffnete Thür. Da stand sie, die Diva, hochaufgerichtet inmitten all des Glanzes, das Antlitz beschattet, doch umgeben mit einer Glorie von Sonnenstrahlen, die in tausend kleinen Lichtern in dem matt gekräuselten Blondhaar flimmerten.

Und wie sie ihm ruhig und hoheitsvoll entgegentrat, wie sie in einfacher Herzlichkeit die Hand zum Willkomm ausstreckte . . .

Der Marchese stand geblendet. Er mußte sich all seiner Erfolge erinnern, ehe er die Kraft zu einer höflich-weltmännischen Anrede gewann.

Fünf Minuten später saß er ihr gegenüber an dem winzigen, weißverhängten Guckfensterchen und erzählte mit Feuereifer von den Wonnen des italischen Lenzes.

Sie hatte die Ellenbogen auf die Kniee und das Kinn in die Hände gestützt, wie Desdemona, die Othellos Abenteuern lauscht, und ihre Augen, — o Marchese, diese blauen,

feuchten, zärtlichen Augen! — hingen in harmloser Selbst-
vergessenheit an seinem Angesicht. Manchmal, wenn sie
dem Strom seiner Worte nicht zu folgen vermochte, warf
sie lächelnd ein „Langsamer, bitte!" dazwischen.

Der Kapellmeister stand derweilen im dunkelsten Winkel,
sah von Zeit zu Zeit nach der Uhr und rieb sich in kuppleri-
schem Vergnügen die knochigen Virtuosenhände.

Und nun fing auch sie zu reden an. Es war eine
kuriose Art, in der sie die lingua toscana handhabte,
stockend und mit poetischen Floskeln untermischt, das Ita-
lienisch, das die Opernsängerinnen aus Textbuch-Reminis-
cenzen zusammenflicken. Und doch — wie melodisch, wie
berückend in ihrer Fremdartigkeit kamen die Worte aus
ihrem Munde!

Sie sprach von ihrer Sehnsucht nach dem gelobten
Lande, das er seine Heimat nannte. Schon seit drei Jahren
habe sie mit ihrer Schwester Pläne geschmiedet, gen Rom
zu pilgern, aber — und sie seufzte.

„O wären Sie gekommen!" sagte er mit Emphase,
„wir hätten Sie gefeiert wie eine Königin."

Sie drohte ihm mit dem Finger, und über ihr errötend-
des Antlitz flog ein Schimmer holder Schelmerei.

Dann erhob sie sich, ihn zu verabschieden. „Auf
morgen also, Maestro — und ich hoffe, Sie werden zufrieden sein."

Er küßte ihr zweimal die Hand und taumelte hinaus
wie ein Betrunkener. Seinen Freund übersah er.

Als er nach zweistündiger Fahrt durch die fremde Stadt in sein Hotel zurückkehrte, glaubte er auf dem altbekannten Korso umher flaniert zu sein, so wenig war irgend etwas Fremdartiges ihm aufgefallen. Er hatte während der ganzen Zeit nur sie gesehen.

Auf seinem Zimmer hielt er sich folgende Rede:

„Du bist ein Esel, Antonio! — Zu Hause sitzt ein halbes Dutzend der schönsten Weiber und zählt die Stunden, bis du wiederkehrst. — Die kleine Contessa Rotti mit dem cremefarbenen Schlafrock, dessen feuerrote Busenschleifen du so oft zu graziösen Knoten schürztest. — Die süße Annina mit den weißen Zähnchen und dem schwarzen Flaum auf der Oberlippe — Giudetta, die Heroische, in deren gelöstes Wellenhaar du dein Antlitz hineinzutauchen pflegtest, wie in die Meerflut — Margherita, Luigia und Lidia gar nicht zu rechnen — sie alle hast du im Sturm erobert — und nun sitzest du hier, verschüchtert wie ein Page, und seufzest zu der Fremden empor; als wär' sie unerreichbar wie die Sterne. — Wie gesagt, du bist ein Esel, Antonio!"

Dann fiel Martinos schmerzlich-seliger Aufschrei ihm ein: „Marchese, die Blonden, die Blonden!"

Aber sind sie nicht auch Weiber, diese Blonden? Weiber von Fleisch und Blut mit warmen Herzen und aufwallenden Sinnen? Warum hier zagen und dort kühn sein? —

Und er beschloß, Dagmar, die Blonde, für sich zu gewinnen um jeden Preis. Allein dabei ging ein Schaudern durch seine Glieder, ein Schaudern, wie es der Mönch verspüren mag, der in frevelndem Begehren die Arme zum Bilde der Madonna emporreckt. —

Am folgenden Tage fuhr er mit Martino zum Grand Hotel, um die erste Orchesterprobe seines Werkes selber zu leiten.

Das Erscheinen des jungen brünetten Kavaliers, der mit eleganter Verbeugung zu dem Podium des Dirigentenpultes emporstieg, erregte nicht geringes Aufsehen im Saale. In dem Chor der Räuberbräute — aus lauter blondhäuptigen Honoratiorentöchtern bestehend — erhob sich ein vielsagendes Flüstern, und aus dem Häuflein der Banditen schoß manch neidischer Blick zu ihm empor.

Sein Blick durchflog die Reihen, Dagmar zu suchen; allein sie war noch nicht erschienen. — Er fühlte eine quälende Angst in sich erwachen. — Wie würde er mit seinem stümperhaften Können vor ihr bestehen, vor ihr, deren musikalischer Sinn sich an den Werken der erhabensten Meister genährt hatte. —

Wie, wenn es ihr einfiele, im letzten Augenblicke ihre Solopartie zurückzusenden? — Der kalte Schweiß stieg ihm ins Gesicht bei diesem Gedanken.

Aber — Gott sei gelobt! Da stand sie vor ihm, die Notenrolle in der Hand, und nickte freundlich zu ihm hinauf.

Der Stab in seiner Hand erzitterte, die Krähenfüße der Partitur verschwammen in Nebel.

„Soll ich für Sie eintreten, Marchese?" flüsterte hinter ihm die Stimme Martinos, der seine Bewegung bemerkt haben mußte.

Er schüttelte hastig den Kopf — und die Probe begann.

Dank Martinos trefflicher Schulung ging alles besser, als er geahnt hatte.

Und als nun gar sie zu singen anhub! Wie war's anders möglich, als daß an diesem Feuer, dieser Hingebung nicht auch der anderen Ehrgeiz sich entzündete? —

Nie im Leben hatte er geahnt, daß es so schön war, was er da geschrieben. Das Herz schwoll ihm vor Dankbarkeit, seine Augen schwammen in Thränen.

Sie sah es wohl und schloß mit einem kleinen Seufzer die Augen.

Ihm war zu Mute, als müßte er den Taktstock wegwerfen und sie vor aller Augen in die Arme schließen. — „Wär' ich ein alter Mann wie Wagner oder Verdi —" dachte er bei sich, „weiß Gott, ich thät's." Der Abstand von dem Genie der beiden Meister kam ihm in diesem Augenblick nicht halb so lebhaft zum Bewußtsein, wie der Unterschied von ihrem Alter.

So stolz und glücklich war er sein Lebtag nicht gewesen.

Als er Dagmar zum Wagen geleitete, fand er kühne, leidenschaftliche Worte für die Empfindungen, die sie in ihm geweckt.

Sie wurde nicht verlegen, sie errötete nicht einmal, mit schelmischem Lächeln sah sie ihm unverwandt von der Seite ins Gesicht. Es schien fast, als verstände sie nicht den dritten Teil von dem, was er ihr sagte. —

Mit einem kleinen, verstohlenen Händedruck schlüpfte sie in den Wagen. Und was nun gar ihr Blick verhieß! — — —

Als er, berauscht von hoffender Liebe und befriedigter Eitelkeit, die fremden Straßen entlang wandelte, sah er in dem Schaufenster eines Kunstgärtners einen Büschel leuchtend weißer Lilien, dem durch kunstvoll dazwischen gefügte Begonienblätter die natürliche Steifheit genommen war.

Ein triumphierendes Lächeln glitt über sein Gesicht. Er kaufte den Strauß und befahl, ihn zu dem nächsten Juwelier hinüber zu senden. Dort ließ er die Staubfäden sorgsam entfernen und statt ihrer an Goldfäden befestigte kleine Brillanten in die Kelche hineinhängen.

„Eine zartere und doch beredtere Huldigung dürfte sich kaum ausfindig machen," dachte er, als er, stolz über sein Arrangement, den Laden verließ.

Der Scherz hatte ein kleines Vermögen gekostet. —

Am nächsten Morgen wurde er durch einen Boten geweckt, der ihm ein Päckchen überreichte, nicht größer als eine Pillenschachtel. Eine solche fand sich in der That in der Umhüllung. Ringsherum war ein Briefbogen gewickelt, der folgende Zeilen enthielt:

„Herr Marchese!

Die Lilien, die Sie mir als Symbol Ihrer Achtung übersenden, habe ich mit der Freude entgegengenommen, die man stets empfindet, wenn man sich nach seinem Werte taxiert sieht. Die Thränen aber, die Sie um mich in die Kelche hineingeweint haben, sende ich Ihnen dankend zurück, da ich mich nicht gerne an dem Schmerze meiner Freunde weide, wenn ich ihnen nicht helfen kann.

Dagmar."

Der Marchese belegte sich mit einer Anzahl jener
Kosenamen, an welchen die Sprache seines leidenschaftlichen
Volkes so reich ist.

Je höher die angebetete Barbarin vor seinen Blicken
in die Wolken stieg, desto kläglicher schrumpfte sein wildes
Begehren neben ihr zusammen.

„Sie muß auf der Stelle versöhnt werden," das war
die erste Ueberlegung, deren er wieder fähig war. —

Noch hatte die Stunde der Besuche nicht geschlagen,
als die Equipage seines Hotels ihn hinaus zur äußersten
Nordstadt führte, wo in der Nähe des Humlegardens die
Sängerin ihr Heim aufgeschlagen hatte. Eine kleine um-
buschte Villa, kaum größer als eine Spielzeugschachtel, mit
hellblinkenden Spiegelfenstern und einer zierlichen Garten-
terrasse, auf welcher Krokus und Hyazinthen in leuchtenden
Reihen künstlich geformte Beete umfriedeten.

Die Glocke, die er zog, hallte tief und voll im Innern
wieder. — —

„Ein Haus mit solchen Fenstern, solchen Glocken kennt
keine Heimlichkeit," sagte er sich seufzend, derweil er
wartete.

Die Zofe, die ihm öffnete — groß, blond, blauäugig,
wie natürlich — nahm mit einem schüchternen Lächeln seine
Karte in Empfang, murmelte ein paar Worte in einer
fremden Sprache und schlug ihm sodann die Thür vor
der Nase zu.

Wiederum wartete er eine Weile, denn er glaubte die
ungefüge Nordlandstochter mit einer Botschaft ihrer Herrin
zurückkehren zu sehen — aber nein — nichts regte sich

fürder; erst als er bebend vor Scham und Zorn der un=
gaftlichen Thür den Rücken kehrte, drang aus dem Innern
ein Lebenszeichen an sein Ohr — in Form eines Kicherns,
filberhell, verliebt und übermütig, wie die Schellen einer
Pulcinella.

Dieses Kichern begleitete ihn, während er die Stufen
der Terraffe hinabstieg, es klingelte noch durch sein fiebern=
des Hirn, als er die Pforte des Gartengitters wuchtig ins
Schloß warf.

Den Wagen besteigend, sandte er noch einen scheuen
Blick nach der entgegengesetzten Straßenseite. Seine Auf=
fahrt schien dort als ein Alarmsignal gewirkt zu haben.
Aus allen Fenstern guckten neugierige Köpfe, und vor der
Thür eines Bäckerladens stand eine Gruppe schwatzender
Weiber, welche sich eigens dazu versammelt zu haben schien,
um hinter ihm her zu lachen und mit Fingern auf ihn zu
zeigen.

Und das ihm, Antonio Lagri, dem Liebling des
Korfos!

In selbiger Nacht wurde er unaufhörlich durch ein
Kichern gequält, das gespenstergleich aus allen Winkeln seines
Schlafgemachs zu seinem Ohr herniederschwirrte.

Am Morgen litt er an Kopfweh und Ohrensausen
und beschäftigte sich mit dem Entschlusse abzureisen, ohne
die Grausame wiederzusehen.

So überraschte ihn Martino, der ihm die Meldung
brachte, daß Signora Dagmar ihn unverzüglich zu sprechen
wünsche. Fünf Minuten später stand er vor ihrer Garde=
robe.

Sie eilte auf ihn zu, sie streckte ihm beide Hände entgegen, derweil ein dunkles Rot auf ihren Wangen erglühte.

„Verzeihen Sie, mein Freund," sagte sie leise, „daß man Sie gestern auf meiner Schwelle so schnöde behandelte. Allein ich bin nicht schuld daran — wirklich nicht. — Meine Dienerin hat den Befehl, keinem männlichen Wesen, wer es auch sei, den Zutritt zu meinen Zimmern zu gestatten — sie sagte Ihnen, was sie ein für allemal zu sagen hat: ich sei nicht zu Hause, — zum Unglück wußte sie nicht, daß sie von Ihnen nicht verstanden werden konnte, und — das Uebrige erklärt sich von selber."

„Also es war keine Strafe?" stammelte er mit einem tiefen Aufseufzen. —

„Man straft ein Vergehen — nicht einen Irrtum," erwiderte sie leise, indem sie noch tiefer errötete.

Für einen Augenblick verspürte er den Drang, vor ihr niederzustürzen und das Antlitz, auf dem verräterisch Liebe und Schuldbewußtsein flammten, in den Falten ihres keuschen Gewandes zu verbergen.

„Beschönigen Sie nichts," flüsterte er ihre Hand ergreifend; und diese Hand entzog sich ihm nicht, sondern führte ihn mit leisem Drucke zu dem Platz, auf dem er vor drei Tagen gesessen.

„Sehen Sie, mein Freund," sagte sie dann, „ich bin an dergleichen Kränkungen gewöhnt, die meine Stellung mit sich zu bringen scheint, und ich verzeihe diese hier um so leichter, als noch keine vorher eine so zarte Form gewählt hatte, um an mich heranzuschleichen."

Eine Regung naiven Stolzes tauchte in ihm auf, wie

der Schüler sie empfindet, der aus dem Tadel des Lehrers ein geheimes Lob heraushört. Aber sie ging sofort wieder in Zerknirschung unter.

„Euch vornehmen Herren," fuhr Dagmar fort, „erscheint es ja nun einmal angemessen, uns Künstlerinnen als Ware zu behandeln, und ich muß zur Schande meines Berufes gestehen, daß man euch das Recht dazu gegeben hat. — Wir, die wir etwas auf uns halten, dürfen daher nicht zu strenge mit euch ins Gericht gehen. — Um so pedantischer aber müssen wir darüber wachen, daß die Achtung, die wir von euch fordern, nicht durch den leisesten Schatten einer übeln Deutung getrübt werde. Sie werden mich verstehen, wenn ich Ihnen sage, daß die ganze Stadt von hoch bis niedrig mich mit ihrer innigsten Anteilnahme beehrt, daß ich keinen Schritt wagen darf, ohne von tausend Späheraugen verfolgt zu sein, und daß in meiner Nachbarschaft über jeden Besuch, der bei mir vorfährt, aufs genaueste Buch geführt wird. ... Noch darf kein einziger Mann der Stockholmer Gesellschaft sich rühmen, das Innere meiner Wohnung gesehen zu haben, denn ich fühle, daß in meiner exponierten Stellung selbst das harmloseste Gewährenlassen zur Sünde werden kann.

— „Nicht an mir," fuhr sie mit plötzlichem Erschrecken fort, denn sie empfand, daß sie sich im Worte vergriffen hatte, „an mir wahrhaftig nicht; denn ich kenne den Weg, den Frauenwürde mir vorgezeichnet hat; ich weiß, wie weit ich mich wagen darf, ohne daß ich schwindlig werde und in Gefahr gerate, in den blumenbedeckten Abgrund zu stürzen — aber" — sie stockte, während ihr Auge in einem berauschenden Schimmer von Zärtlichkeit verschwamm.

„Aber?" — Er zitterte in eifersüchtiger Angst.

„Ja, warum soll ich nicht im Vertrauen zu Ihnen reden? — Ich habe eine Schwester, eine Schwester, die bei mir wohnt, die ich erzogen habe, die ich hüte und hege mit der angstvollen Sorgfalt einer Mutter. Noch ist sie unberührt von jedem Hauch der Welt, rein, wie ich sie aus den Händen meines sterbenden Vaters empfing — aber sie ist allzu leichten Sinnes und dürstet nach den Genüssen des Lebens. — Auch sie schlägt die Künstlerlaufbahn ein, — mir bangt nicht für ihre Erfolge, denn sie ist ein herrliches Talent, aber ich zittre, wenn ich an die Gefahren denke, denen sie ahnungslos entgegenjauchzt. — Was kann ich ihr da Besseres als Mitgift auf den Weg geben, als ein strenges, meinetwegen allzu strenges Beispiel, an dem sie in Stunden des Wankens Stab und Stütze finden kann?"

Der Marchese fühlte plötzlich ein andächtiges Interesse für jenes zarte Geschöpf in sich erwachen.

„Soll ich diese Glückliche niemals kennen lernen," fragte er, „an die ein Weib, wie Sie, all seine Liebe verschwendet?"

„Nicht verschwendet, Herr Marchese," erwiderte Dagmar mit freundlichem Tadel. „In der That, Sie werden ihr alsbald begegnen. Auf dem Feste im Ritterhause, an dem ja auch wir beide beteiligt sind, soll sie in einem lebenden Bilde mitwirken und so den Fuß auf die Schwelle der großen Welt setzen. Ich gestehe, mir bangt davor, aber länger kann ich sie nicht in Einsamkeit halten; denn sie ist siebzehn Jahre alt."

„Gleicht sie Ihnen?" fragte er.

Sie schüttelte den Kopf. „Uebrigens haben Sie an ihr eine Gönnerin, eine — — —"

Sie hielt lächelnd inne und errötete, dann erhob sie sich rasch. „Abbio, mein Freund — ich höre die Klingel des Regisseurs, bie zur Probe ruft."

„Und darf ich wiederkommen?"

„Warum nicht? Diese Garderobe ist neutrales Gebiet, auf dem ich zu Gaste bin wie Sie. — Dort ist die eigent= liche Herrin." — Und sie wies an ihm vorüber nach einem Nebengemache hin, wo, halb verdeckt durch eine grüne Gar= dine, ein altes, in sich zusammengekrümmtes Weibchen sich eifrig über ein Nähzeug neigte.

„Ah," machte er enttäuscht, denn er hatte sich in dem wohligen Gefühle gewiegt, mit ihr allein zu sein. Doch als sie ihn darauf hin verwundert ansah, schlug er beschämt die Augen nieder.

Von Minute zu Minute fühlte er sich bescheidener werden.

Als er den dämmerigen Korridor entlang ging, fiel jenes rätselhafte Kichern ihm ein. Er lauschte. — Ob sie auch jetzt hinter ihm her lachte? Alles blieb still.

„Nein, wahrlich, sie war es nicht — sie nicht!" so tröstete er sich im Weitergehen, — „ich müßte ja toll werden, wenn sie es gewesen."

An diesem Tage hatte er den Stern gefunden, den man nicht begehrt. — — —

Das große Wohlthätigkeitsfest nahte heran.

Ganz Stockholm befand sich in Aufregung; sollte doch für diesen Abend das alte Ritterhaus, die Hochburg der schwedischen Pairsgeschlechter, dem profanen Publikum die geheiligten Thore öffnen.

Die mächtige Granitfassade des Palastes, der sonst gar mürrisch wie ein verschlafener Riese auf die dunklen Fluten des Mälarsees herniederschaut, verschwamm in einem Meere bläulichen Lichtes — endlose Equipagenreihen wälzten sich heran, und der gaffende Pöbel rieb sich zufrieden die breiten Schultern wund.

In dem weiten Rittersaale, von dessen altersdunkler Decke riesige Königsgestalten in verstaubten Hermelingewän= dern und spinnwebüberzogenen Kronen verwundert auf die Brut der neuen Zeit herniederschauten, drängte sich ein buntes, strahlendes Gewimmel im Lichte elektrischer Sonnen.

Augen, so azurn wie der Spiegel der Gletscherseen, Schultern, so weiß wie des Snehättan ewiger Schnee, Haare, so golden wie König Arthurs sieghaftes Saiten= spiel!

Und die Männer! Welch prächtige Gestalten! Wie leuchtend ihr Blick, wie eisern ihr Nacken, wie treu und ach! wie schmerzhaft ihr Händedruck!

Zwischen den Violinen vergraben saß der Marchese, sprungbereit, um Martino am Dirigentenpulte abzulösen. — Er bebte nicht. Das Selbstgefühl des römischen Nobile half ihm über jedwede Herzbeklemmung hinweg.

Einer Ouverture von Gade folgte ein Brautmarsch, wie ihn die schwedischen Bauerntöchter auf ihren Bergen singen. — Ein raffinierter Griff Martinos! Nach diesen schlichten, getragenen Duraccorden mußten die leichtfüßigen Rhythmen italienischer Musik berauschend wirken.

Und so geschah es.

Freilich, halb gewonnen war die Schlacht bereits in dem Momente, da der junge Feldherr aus dem Orchester emportauchte, um den Kommandostab zu ergreifen.

„Ein römischer Fürst soll es sein!" raunten die Männer.

„Das schöne goldene Ordensband!" tuschelten die Frauen.

„Die schönen, dunklen Augen," seufzten die Mädchen. — Seine Oper war nur ein Appendix seines Erfolges.

Dagmar!

In ein Gewoge blendender Spitzen gehüllt, das sinnige Auge lächelnd zu ihm aufgeschlagen, betrat sie die Bühne. — Eine Fee, die zur Erde niedergestiegen.

Rauschender Beifall begrüßte den Liebling der Stadt; sie verneigte sich dankend, doch ihr Auge wich nicht von seinem Angesicht.

Sie vollendete den Sieg!

Und als er, zum fünftenmale vom Volk gerufen, die heißen Lippen andachtsvoll auf ihren Handschuh drückte, da ward auch des letzten Weibes Herz erbaut. Denn jede nahm den Handkuß als eine Huldigung, die der Fremdling ihr persönlich dargebracht.

Arm in Arm schritten sie zum Zuschauerraum hinab, stolz und strahlend beide, von Glückwünschen überschüttet, als wären sie ein Brautpaar.

Nebeneinander durften sie sich niedersetzen, derweil das Konzert seinen Fortgang nahm.

„Fühlen Sie sich glücklich?" flüsterte er ihr zu.

„So glücklich," gab sie leise zurück, „daß ich meine Pflichten versäume."

„Welche Pflichten?"

„Hinter der Scene steht mein Schwesterlein, zitternd vor Lampenfieber, und ich, ihre Patronesse, bin nicht an ihrer Seite."

„Um Gotteswillen — Sie wollten —"

„Sie sehen ja — ich rühre mich nicht." — Und hinter ihrem Fächer sah sie mit einem Blicke voll bezaubernder Hilflosigkeit zu ihm empor.

Die lebenden Bilder sollten beginnen.

Ein kurzatmiger Herr erging sich in einem langatmigen Prologe.

Der Marchese fühlte, wie Dagmar zitterte. „Eine Furcht hab' ich," flüsterte sie, „wie ich sie um mich mein Lebtag nicht empfunden."

In welchem Bilde sie mitwirke? Im ersten. — Als was? Sie habe dem König Gustav Wasa im Namen der Patrizier —

In diesem Augenblicke teilte sich der Vorhang. Ein Laut des Staunens hallte durch den Saal. Inmitten eines Massenbildes, das ganz durchflammt war von der farbenfrohen Pracht der Renaissance, stand vor den Stufen eines goldenen Thrones ein süßes, junges Mädel in blauem, kurzem Kleidchen, das in seinem kindlich-knappen Zuschnitt sich über vollgewölbten Formen straffte! — Sie hatte den Fuß, über dem am Knöchel ein zierlicher Zwickel hervorleuchtete, keck gegen die unterste Stufe gestemmt und streckte mit schnippischem Lächeln und erhobenem Näschen dem König einen Lorbeerkranz entgegen, als wollte sie sagen:

„Bedank' dich für die Ehr', Herr König!"

„Ist sie das?" fragte der Marchese belustigt.

Dagmar nickte und verbarg das Antlitz, das verschämte Freude rosig überstrahlte, hinter dem wehenden Fächer.

Und noch kecker hob sich das Näschen, noch lustiger lugten die Aeuglein unter dem mächtigen Rembrandthute hervor.

„Die sieht gerade nicht aus, als ob sie Lampenfieber hätte," dachte er.

Und als der Vorhang zum drittenmale auseinanderging, da blinzelte sie sogar mit einer kleinen Grimasse zum Publikum hinab, daß alles in Jubel ausbrach.

„Gott sei Dank!" flüsterte Dagmar hinterher, „ich bin fast gestorben um das Kind." — — —

Von der Bühne strömte der bunte Schwarm der Mitwirkenden zum Zuschauerraum hinab. — Männlein und Weiblein sollten in ihren Kostümen bleiben, damit es dem Tanze nicht an Farben fehle.

Dagmar eilte dem „Kinde" entgegen, das am Arme des langen Martino, schwatzend wie eine Elster, dahergetrippelt kam. Als sie die Schwester sah, machte sie ein frommes Gesicht; doch während sie ihr die Stirn zum Kusse bot, lugte sie mit kokettem Schielen zum Marchese hinüber.

Als sie ihm vorgestellt wurde, kopierte sie einen Kinderknix und lächelte dabei schlau und vertraulich zu ihm empor.

Und dieses Lächeln kehrte jedesmal wieder, wenn sie bei der Tafel zu ihm hinübersah.

„Was mag sie nur von dir wollen?" dachte der Marchese. Je scheuer und einsilbiger sie ihm Rede stand, sobald er das Wort an sie richtete, desto verständnisinniger ward ihr Blick. Ein Blick war's, der ihm durch Mark und Bein ging, als hätte sie unter dem Tische seinen Fuß berührt.

Die vier waren beisammen geblieben.

Martino, welcher die Damen als Kavalier zum Balle geleitet hatte, führte das Kind, der Marchese durfte an Dagmars Seite sitzen.

Sie war einsilbig, trank Wasser und ließ die Platten unberührt an sich vorübergehen.

Der Marchese fürchtete an ihrer Verstimmung schuld zu sein. Er neigte sich zu ihrem Ohre und sagte ihr ein paar versöhnende Schmeichelworte.

„Lassen Sie mich," erwiderte sie, indem sie herb die Lippen schürzte.

Als der Champagner kam, begann es auch drüben, wo bislang das Kind laut und ausgelassen auf Martino dreingeredet hatte, merkwürdig stille zu werden. Der Kapellmeister hatte das Kinn in die Hände gestützt, so daß die langen Spinnenfinger über dem Munde eine Wölbung bildeten, und flüsterte durch die Lücken zu seiner Nachbarin hinüber. Von Zeit zu Zeit blitzte ein Strahl spitzbübischen Einverständnisses in ihren Augen — dann wieder sahen sie beide zum Marchese hinüber und wandten, sobald er es bemerkte, schmunzelnd und beschämt wie zwei ertappte Sünder die Gesichter zur Seite.

Eben wollte er hinüberfragen, was sie gegen ihn im Schilde führten, da sah er, wie Dagmar mit einem Seufzer, der fast wie ein Aufschrei klang, das leere Kelchglas erhob und es ihm in wild graziöser Gebärde entgegenhielt.

Ihre Gläser klangen zusammen — ihre Blicke küßten sich.

„Füllen Sie — ich will trinken," rief sie und reckte sich.

Wieder neigte er den Mund zu ihrem Ohre:

„Prego, ch' appaghe il cor, vera beatrice," flüsterte er.

„Ein Vers — von wem?"

„So betet Petrarca zur heiligen Jungfrau, so bet' ich zu Ihnen."

Sie lächelte träumerisch und ließ den Rand des Glases an ihren Zähnen klirren.

„Und Sie sagen mir nichts?"

„Ich hab' Ihnen nichts zu sagen!"

„Es genügt Ihnen, daß man zu Ihnen betet?"

Sie schwieg. —

„Sie haben nie die Sehnsucht empfunden, niederzusteigen von Ihrem Altare, Sie Bild ohne Gnade, und dem Beter Gewährung auf die fiebernden Lippen zu drücken?"

Sie schwieg auch jetzt, aber sie schauerte zusammen, und ihr Blick glitt zur Schwester hinüber, als ob er dort Hilfe suche.

Seiner bemächtigte sich ein wilder Trotz, wie die Flammen des Champagners ihn erwecken. „Was red' ich da viel?" murmelte er vor sich hin, „ja, wenn sie ein Weib wäre! Doch sie ist nur eine Heilige!"

Nur!

——— ——— ——— ——— ——— ——— ———

Der Ball ging zu Ende. Martino hatte ihn schon früher verlassen müssen. — Ohne daß er dem Anscheine nach mehr als schicklich getrunken hatte, war er in einen Zustand vollendeter Sinnlosigkeit hineingeraten.

Seine Augen rollten, seine Haare sträubten sich, er seufzte, er lallte.

„So ist er immer auf den Bällen hier," sagte der Musiker, den der Marchese zu seinem Beistande herbeigeholt hatte, „er kann das Blond nicht vertragen — er betrinkt sich daran."

Als er in die Garderobe geschafft wurde, waren seine letzten Worte:

„Marchese, die Blonden, die Blonden!" — —

Das Kind trank den ersten Becher der Weltlust in vollen gierigen Zügen, als ob's der letzte gewesen wäre. — Sie tanzte wie eine Besessene. — Im tollsten Gedränge wirbelte stets wie ein großer bunter Vogel, der in die Lüfte steigen will, der Rembrandthut, den sie am Bande hinter sich her schleifte.

Dem Marchese warf sie von Zeit zu Zeit einen ihrer kokett=geheimnisvollen Blicke zu, war aber noch immer nicht zu bewegen, ihm Rede zu stehen.

Um vier Uhr gebot Dagmar, die sich bisher bemüht hatte, den Schwarm ihrer Anbeter in gemessene Entfernung zu verweisen, dem Kinde Halt. —

„Wir müssen gehen," sagte sie zu dem Marchese ge=
wandt, der naturgemäß Martinos Stellvertretung über=
nommen hatte, „ich glaube — der Morgen bricht durch die
Fenster."

„Zu Ende also," sagte er mit einem Seufzer.

Sie nickte ein paarmal, und als ob sie sich dieses
Nickens schäme, wandte sie sich zur Seite und lächelte. —
Ein weiches Sich=gehen=lassen, ein verhaltenes Liebebedürfnis
schien ihr ganzes Wesen zu durchtränken. —

Er geleitete die Damen zur Garderobe, legte ihnen
die leichten Ueberwürfe um die entblößten Schultern und
hüllte sich selber fröstelnd in seinen Pelz; denn eine echt
nordische Maienkühle drang dem verzärtelten Südländer
aus den Vorgemächern entgegen.

Als die drei das hohe Treppenhaus betraten, blieben
sie überrascht und geblendet stehen.

Helles Morgenrot strahlte ihnen entgegen. Durch die
mächtigen Fenster flammten schon purpurne Wolken mit
goldenen Säumen, deren Widerschein das zarte Geäder der
Marmorsäulen wie transparent erscheinen ließ; die spie=
gelnden Stufen, an deren Seiten rote Azaleen ihre Feuer=
funken streuten und schlankes Palmengezweig seine graziösen
Fächer ineinanderschlang, hatten das Ansehen blumen=
bestandener Kaskaden, die durch ein Zauberwort zu Stein
erstarrt waren. — Die Milchglaskuppeln, welche bronzene
Nymphen vom Geländer aus emporhoben, glichen erbleichen=
den Monden. Ihr weißes Antlitz schimmerte übernächtig
und verschlafen und drohte in dem Meer des Morgenlichts
zu versinken.

Eine zauberische Sonnenahnung lag über dem ganzen Bilde.

„Wie traurig," sagte Dagmar, sich leise an den Arm ihres Führers schmiegend, „ein Moment — und alles ist gewesen!"

„Braucht es das?" fragte er, sich schmeichlerisch zu ihr niederneigend.

„Wie sonst?"

„Kosten wir ihn doch aus, den Augenblick des Glückes. — Fahren wir nicht nach Hause, dem Hause, das mir so grausam seine Pforten verschließt. — Fahren wir hinaus über die See nach Ihrem lieblichen Djurgard, und hören wir im jungen Grün die Finken schlagen."

„Schön wär's," sagte sie, indem sie träumerisch in die Weite schaute, „und im Grase müssen schon die Anemonen blühen. — Ich habe noch nie im Leben eine Extravaganz begangen und möchte doch auch einmal über die Stränge schlagen."

„So haben Sie doch den Mut!"

„Möcht' schon!" — Aber plötzlich schrak sie zusammen und beugte sich ängstlich nach der Schwester zurück, die an seinem anderen Arme hing. — Allein die schien nichts gesehen und gehört zu haben, sie hielt das Taschentuch vor den Mund gepreßt und hüstelte.

„Reden wir nicht mehr davon," flüsterte Dagmar, sich zu seinem Ohre emporreckend, „das Kind darf von solchen Dingen nichts wissen."

Das Kind hüstelte noch stärker.

Als sie ins Freie hinaustraten, vergoldete der erste Sonnenstrahl die Zinnen des alten Königsschlosses, das auf seinem Granitfelsen düster brütend dastand wie ein Wikinger-held, der am Gestade von wilden Fahrten träumt.

Noch waren die Straßen menschenleer, doch auf den blauen Fluten des Mälarsees schossen schon kleine, flinke Schaluppen zwischen den Inseln auf und nieder, lange, perlmutterglänzende Furchen hinter sich herziehend; und auf dem „Salzsee" kam majestätisch ein mächtiger Dampfer daher, hohle Pfiffe ausstoßend, die schauerlich über die schweigende Stadt hinrollten.

Auf der „Stromterrasse", jener weltberühmten Kon-ditorei, in welcher die elegante Gesellschaft Stockholms ihren Mittelpunkt findet, herrschte noch reges Leben. Ob „schon" oder „noch", ließ sich nicht entscheiden. Wahrscheinlich waren es Teilnehmer des Festes, welche sich hier ein zweites Rendezvous gaben. Gläser klirrten, und jubelnde Stimmen hallten dazwischen.

„Wir wollen zu Fuße gehen," sagte Dagmar, „es wäre schad' um jegliche Sekunde." — Und ihr Blick heftete sich voll Entzücken auf die weißen Häuserreihen, die in der Ferne rechts und links und überall aus den Wassern emporstiegen, lange zitternde Schraffierungen über die spiegelnde Flut hinziehend.

„Sieh nur, Kind, sieh —"

Aber das Kind hörte nicht. Es hatte die Augen ge-schlossen und lehnte mit mattem Aufseufzen das Köpfchen an des Marchese Schulter.

„Um Gotteswillen — was ist dir?"

Sie schwieg und schleppte sich mit schwankenden Schritten weiter.

„Bist du unwohl?"

Das Kind erwiderte nichts, sondern — knickte lautlos zusammen. Hätte der Marchese die zarte Gestalt nicht in seinen Armen aufgefangen, sie wäre auf das Pflaster niedergesunken.

Dagmar stieß einen Schrei aus und umklammerte die Ohnmächtige, ihre Lippen, ihre Augen mit angstvollen Küssen bedeckend.

Ein Glück war's, daß auf der Norrbro kaum fünfzig Schritte entfernt geschlossene Wagen hielten.

Der Marchese winkte den ersten der Reihe herbei und hob das Mädchen auf seinen Armen in das Innere. Dann nannte er dem Kutscher rasch die Adresse der Villa, ihm ein Fünfkronenstück in die Hand drückend.

Traurig und schweigend war die Fahrt. Dagmar weinte leise und streichelte das Antlitz des Kindes, das auf ihrem Schoße lag.

Der Marchese brach die Stille, der Trostlosen Mut einzusprechen.

„Wie sollt' es Gefahr haben!" sagte er, „sehen Sie doch, die gesunde Röte ihres Angesichtes hat sich nicht für einen Augenblick verändert!"

Und so war es in der That! Seltsam — aber es war so.

Als sie vor der Villa hielten, die im Morgensonnenscheine rötlich zu ihnen niederleuchtete, hob er das Kind wiederum auf seine Arme.

„Wie — Sie wollen sie hinauftragen — und allein?" rief Dagmar.

Er nickte. „Ich bin stark," sagte er mit dem brutalen

Stolze, der auch den feinsinnigsten Mann erfaßt, wenn er Frauen physische Kräfte zeigen kann.

Die blühende Last an seinem Halse schaukelte leise. Er fühlte ihr Herz pochen, heftig, stürmisch pochen, und der heiße Atem, der seine Wange streifte, ging aus und ein wie ein Seufzen.

„Seltsam, seltsam," dachte er bei sich.

Doch auch sein Herz begann zu pochen und pochte noch stärker, als er vernahm, wie Dagmar den Schlüssel im Schlosse zurückschnappen ließ.

Das Eden, das lang ersehnte, lag offen vor seinen Blicken. —

Zuerst kam eine halbdunkle Halle, die Wände mit Lorbeerkränzen austapeziert, welche über mächtigen Garde= robeschränken hingen.

„Hier herein!" sagte Dagmar, eine Thür öffnend.

Ein Duft von eigentümlicher Frische, aus Veilchen, Pfefferminz und frischer Wäsche gemischt, drang ihm ent= gegen.

In der Dämmerung niedergelassener Jalousien sah er zwei weiße Wolken vor sich aufsteigen.

„Hier wollen Sie sie niederlassen," sagte Dagmar, auf die eine der Wolken weisend.

Er that, wie ihm geheißen. — Die Ohnmächtige stieß einen Laut der Erleichterung aus und streckte sich in den Kissen.

Dagmar wies auf eine Seitenthür. — „Aber leise," bat sie, „die Mädchen dürfen von Ihrer Anwesenheit nichts erfahren."

Der Marchese trat in einen kleinen Salon, einfach
und keusch, wie die Altarnische in einer Dorfkirche. — An
den Wänden hingen in großen Stahlstichen die Bilder be=
rühmter Musiker, — an dem einen der Fenster, die ein
nebliger Hauch von blaßgelben Spitzengardinen bedeckte,
stand ein Nähtischchen mit einer begonnenen Handarbeit,
neben dem Sofa Notenschränke, und in einer Ecke ein
Erardscher Flügel, der noch geöffnet war.

Auf dem Notenpult lag der Klavierauszug der —
„Nozze del banditto“.

Er warf den Pelz ab, setzte sich auf den Drehschemel
und drückte in plötzlich aufsteigendem Drange die Lippen
auf die weiße Klaviatur, die sie so oft mit ihren zarten
Fingerspitzen geliebkost hatte. — Dann lehnte er die heiße
Stirn gegen das Notenpult und schloß die Augen. In
seinen Schläfen fieberte es, vor seinen Lidern schossen Blitze
hin und her. Vergebens bemühte er sich, einen Gedanken
zu fassen.

Aus diesem Brüten — wie lange es gedauert, wußte
er nicht — erweckte ihn eine Hand, die sich in sanftem
Drucke auf seine Schulter legte.

Er fuhr empor. Hinter ihm stand Dagmar und
lächelte ihn an.

„Gott sei Dank!“ sagte sie, „nun ist alles wieder gut.
Ein wenig zu fest ist sie geschnürt gewesen, das war alles.
Nun liegt sie im Schlafe und lächelt. Ich bin so froh, ach,
so froh!“

Und sie streckte ihm in freudiger Wallung die nackten
Arme entgegen.

Es durchschauerte ihn, — er senkte die Blicke zu

Boden. Offenbar hatte sie in ihrer Erregung vergessen, daß sie sich noch in Balltoilette befand. Ihr Hals erschimmerte in matter, milchiger Weiße, und auf dem blaugeäderten Nacken entflammte in silbernen Lichtern ein zarter Flaum, sobald ein Sonnenstrahl darüber hinfuhr.

Sie sah seine Bewegung und errötete, wiewohl sie sie nicht zu deuten verstand.

„Aber nun gehen Sie rasch, mein Freund," bat sie in steigender Angst. „Die Uhr ist halb sechs — wenn meine Mädchen erwachen!"

Er nickte ein paarmal, aber rührte sich nicht.

„Hier ist Ihr Hut — eilen Sie — und den Pelz helf' ich Ihnen anziehen."

Er ließ mit sich geschehen, was sie wollte. Er war wie im Rausche.

Und dann plötzlich schrak sie zusammen und eilte ans Fenster.

„Heiliger Gott!" rief sie, „Sie können ja nicht fort. Inzwischen sind drüben die Läden geöffnet. Die Bäckerfrau steht vor der Thür und schaut herüber. Um meinen Ruf wär' es geschehen!"

Er hatte ein unbestimmtes Gefühl, als ob ein Ozean von Glück seine Wogen über ihn ergösse.

„So darf ich also bleiben?"

„Sie dürfen nicht — Sie müssen!"

Er schlüpfte eilends aus dem Pelze, warf ihn über den Klavierschemel und setzte sich darauf, die Hände auf dem Schoß haltend wie ein Kind, das aus der Mutter Hand sein Schicksal erwartet.

Sie sah es und lachte beklommen. „Was fang' ich
nun mit Ihnen an?" sagte sie darauf.

„Sie setzen sich in die Sofa-Ecke und lassen uns
plaudern."

Sie that, als ob sie vor sich hinsänne. „Warten Sie
nur," sagte sie mit einem Versuch, unbefangen zu erscheinen,
„ich weiß etwas — ich mache uns Kaffee."

„Bravo!"

„Pst!" — Und darauf schlich sie auf Zehenspitzen
ins Schlafzimmer. Nach etlichen Sekunden kam sie wieder,
eine Tablette mit einer kleinen, kupfernen Kaffeemaschine
tragend.

Da — im Vorübergehen fiel ihr Blick zufällig in den
Spiegel. Ein Zucken ging durch die ganze Gestalt. Die
Tablette klirrte, fast wäre sie zu Boden gestürzt.

„O Gott," hauchte sie, „ich bin ja — —" Die Tablette sank auf den Tisch, und die Hände, die sie gehalten,
preßten sich in qualvoller Scham vor das erglühende Angesicht. — Für einen Augenblick — dann sprang sie zum
Fenster, ergriff ein Spitzentüchlein, das neben dem Nähzeug
lag, und schlug mit hastiger Bewegung das dichte Gewebe
um Schultern und Busen.

Und darauf warf sie sich in die Sofa-Ecke und nagte
mit den Zähnen die Unterlippe.

Er erhob sich leise von seinem Sitze und ließ sich in
den Fauteuil zu ihrer Seite niedersinken.

Schwüles, herzbedrückendes Schweigen breitete sich über
das Gemach. Nichts war zu hören, als beider rasches
Atmen, das in wechselnden Stößen durch die Stille hallte.

„Dagmar!"

„Was wollen Sie?" — Sie wagte nicht, das Auge
zu ihm zu erheben.

„Sind Sie mir böse?"

Und jetzt sah sie ihn an — sah ihn an mit einem
Blicke, der ihn bis ins Innerste erbeben machte. — Jung-
fräuliche Scheu — Flehen um Schonung — und grenzen-
loses Sich-hingeben — alles das lag in dem langen lieb-
erfüllten Blicke.

Er umklammerte die Lehne des Sessels, sonst wär' er
vor ihr niedergesunken. Und er wollte stark sein, — um
ihret-, um seinetwillen.

Wiederum Schweigen. —

Dann, mit einem letzten, unglücklichen Versuch, die
Unbefangene zu spielen, fragte sie: „Wann werden Sie
reisen?" Ihre Stimme klang heiser.

„Wann Sie mich schicken!"

„Also heute!"

„Heute, — Dagmar — heute?"

Sie biß sich auf die Lippen, wie um Thränen zu ver-
beißen, und nickte.

„Muß es sein?"

„Es muß sein!" — — —

„Dagmar?"

„Nun?"

„Sie sind mir noch eine Antwort schuldig!"

„Ich?" Sie fuhr zusammen.

„Haben Sie vergessen, was ich Sie heute fragte?"

„Ja!"

„Dagmar, genügt es Ihnen, daß man zu Ihnen — betet?" —

Und nun sank er doch auf die Kniee.

„Dagmar, — hier lieg' ich vor dir, andächtig und ergebungsvoll — — wie ich so — — noch vor keinem Weibe gelegen. Was Sie — was du — über mich be- stimmst, wird gut sein. Aber einmal neig' dich zu mir nieder — berühre einmal mit deinen Lippen meine Stirn — mehr verlang' ich nicht — — wirklich nicht. — — Ich müßte verzweifeln, wenn ich so — von dannen ginge." —

Und als keine Antwort erfolgte, sank er zusammen und schlug die Hände vors Angesicht. Er erschien sich wie einer, der beim jüngsten Gericht zur Hölle wandern muß.

„O — Sie sind nicht — Fleisch und Blut," stöhnte er, „Sie sind kein Weib, Dagmar!"

Da plötzlich fühlte er eine weiche Hand auf seinem Haupte, fühlte, wie ein heißer Odem seine Wange streifte, hörte ein Flüstern, leis wie ein Windhauch, dicht an seinem Ohr.

„O, ich bin ein Weib, mein Freund — ein schwaches und liebebedürftiges Weib. — — Ich gesteh' es Ihnen in dieser Stunde, da es über mich gekommen ist, daß ich mich anklammern möchte an Ihre Brust — und weinen an Ihrem Halse — — und Sie nie, nie wieder von mir lassen!" —

„Dagmar!"

„Rühren Sie sich nicht — ich fleh' Sie an bei allem, was Ihnen heilig — und hören Sie mich zu Ende. Schon manche Versuchung ist in meinem Leben an mich herangetreten, und ich — ich will schamlos genug sein, es Ihnen zu gestehen: mein Auge hat wohlgefällig auf dem Versucher geruht. Und ich hab' mir gesagt: du bist jung, und deine Seele ist zärtlich — sei die Seine. — Aber dann hab' ich meine Schwester angesehen — das Kind, das erst vor kurzem zur Jungfrau ward — habe den wirren Locken= kopf an meine Brust gedrückt und habe gesagt: um ihretwillen wahre dich! — Fällst du, dann reißt du sie mit — und es ist nicht auszudenken, wie tief sie in den fürch= terlichen Abgrund sinken könnte, denn sie ist wild und leicht= sinnig und von heißen Sinnen, obwohl — so hoff' ich — noch alles schlummert in ihr. — — — Um ihretwillen bin ich rein geblieben bis auf den heutigen Tag und habe all die Zärtlichkeit, die mein Wesen von mir fordert, ihr zu eigen gegeben. — Und in dieser Stunde, da die größte von allen Versuchungen an mich herantritt, da ich mich selbst nicht kenne vor lauter Liebe und Liebessehnsucht ... da ich ganz wehrlos bin vor Ihnen, in dieser Stunde fleh' ich Sie an: Schone mich — schone mich um dieses reinen Kindes willen! ... Entweihe nicht das Haus, in dem es schläft! ... Sorge, daß ich nicht schuldbewußt erröte, wenn es mir beim Erwachen in die Augen schaut ... Geh, mein Freund — und dein Weg soll gesegnet sein für immerdar!"

Und weinend küßte sie ihn auf die Stirn ...

Er erhob sich ... Jeder Blutstropfen war aus seinem Angesicht gewichen.

Stumm langte er nach seinem Pelze. Als er bereit war, wies er fragend nach der Straße hinaus.

Sie winkte. „Geh, es ist besser so," hieß dieser Wink.

Und er ging.

Als er die Hausflur durchschritt, glaubte er in jedem Augenblick ihre Stimme zu hören, die ihn zurückrief. — Aber die Stimme schwieg. — Da, in dem Momente, da er die Thür hinter sich ins Schloß warf, vernahm er — vernahm ein leises, halbersticktes Kichern, das wie Hexengelächter hinter ihm herhallte.

Dasselbe rätselhafte Kichern, das ihn bei jenem ersten Besuche zum Gitterthor geleitet hatte; nur der Hohn hatte damals gefehlt.

Was war das? Begann die Erinnerung leibhaftig in seinem Hirn zu spuken? Zog der Wahn in seine Sinne ein? — — —

In halber Betäubung wanderte er die Straßen entlang, bis er sich plötzlich dem Stromparterre gegenüber fand.

Mechanisch trat er näher. Er fühlte dunkel das Verlangen, sich in einen Winkel zu setzen und still vor sich hinzuträumen.

Lautes Gelächter drang ihm entgegen. An einem langen Tische saß eine Schar halbtrunkener Zecher in Frack und weißer Binde, darunter — Martino.

So dumpf war sein Hirn, daß er sich nicht einmal wunderte, ihn hier zu finden.

Der lange Martino aber sprang jauchzend empor, ergriff ihn am Aermel und zog ihn in eine Ecke. Sein hageres, weingerötetes Gesicht verzerrte sich zu einem cynischen Grinsen.

„Nun, Euer Herrlichkeit," flüsterte er. „Was für 'nen Lohn bekomme ich nun? — — Ich hab's der Kleinen eingegeben. — Und gut gespielt hat sie, ich möchte Gift drauf nehmen. Corpo di Bacco, ein gelehriges Früchtchen!"

Wie ein Blitzstrahl fuhr es auf des Marchese Haupt herab:

Das Kind, auf dessen Reinheit und Unschuld sie schwor, dem sie in Liebe sich ganz ergeben, es hatte die Schwester — verraten!

„Na — und ist's gelungen?"

Mit einer Gebärde des Ekels schob er den Kuppler zur Seite und eilte ins Freie. Viel fehlte nicht, so hätte er ihn auf der Stelle gezüchtigt.

Als er am Gestade des Sees stand, über dem der Morgenhimmel in bläulicher Helle sich wölbte, da faltete er die Hände und blickte empor.

Seit er den Stern im Fallen gesehen, war er ihm nur noch höher gestiegen.

— — — — — — — —

Was weiter geschah, weiß ich nicht; doch erzählte man mir jüngst, daß Dagmar, die, seit die Schwester ihr weggelaufen, noch einsamer lebt, ihr Engagement gekündigt habe, da sie, wie es heißt, ihren Aufenthalt im Süden zu nehmen gedenke.

Man munkelt allerhand von einer geheimnisvollen Korrespondenz, doch weiß man nichts Genaues. —

✳   ✳   ✳

Und nun fragen Sie mich, was diese lange Geschichte eigentlich soll, da sie weder für noch gegen meine These spricht?

Meine verehrteste Freundin, man begehrt die Sterne, ja wohl; allein man begehrt sie — zum Weibe. —

Der verwandelte Fächer.

Sie sind träumerisch, sind zerstreut — Sie trällern eine Melodie leise vor sich hin. Noch einmal, wenn ich bitten darf!

„Am stillen Herd — zur Winterzeit!"

Ich danke, ich weiß genug. Daher also hatten Sie gestern in der Oper keinen Blick für Ihren gehorsamsten Diener? Unser blondlockiger Walther Stolzing hat's Ihnen angethan.

Schauen Sie rasch in den Spiegel — dieses Erröten kleidet Sie wunderbar. Doch daß gerade ein Held des hohen c es ist, der es hervorzauberte, das will mir nicht gefallen!

Warum ich in so spöttischem Tone von den Tenoristen rede, fragen Sie? O, verkennen Sie mich nicht!

Ich bin auf der Stelle bereit, jedem Tenorsänger zu bescheinigen, daß ich ihn persönlich als die höchste Blüte der Männlichkeit, einen gewissermaßen aus der Allgemeinheit herausdestillierten Idealmann anerkenne.

Ich scherze nicht — wahrhaftig! Ich will's Ihnen beweisen — naturwissenschaftlich — echt Nordau'sch. Hören Sie zu:

Das vornehmlichste Attribut des männlichen Geschlechtes — wir können das beim Menschen sowohl wie im gesamten Tierreich beobachten — ist die Gefallsucht.

Der Mann, weit mehr als das Weib, will gefallen und muß gefallen. Der Trieb der Arterhaltung bringt es mit sich, daß ein jeder im Wettkampfe um die Gunst des Weibes die Palme für sich zu erringen strebt.

Die Gunst des Weibes ist die Achse, um welche das Weltenrad sich dreht. Um ihretwillen hat sich die Natur mit ihren leuchtendsten Farben geschmückt, um ihretwillen ertönt die Stimme alles Lebendigen in holden Harmonien, und um ihretwillen ist der Riesenkampf entbrannt, der erst erlöschen wird, wenn die Welt zur Ruhe des Eises erstarrt.

Wundern Sie sich nicht. Das ist durchaus wörtlich zu nehmen. Bei Darwin und Häckel steht's geschrieben.

Alles Schöne in der Natur ist ein Spiel der männlichen Gefallsucht — und vieles Furchtbare ist es auch. Diese Gefallsucht, durch welche im Tierreich — ich könnte ebenso gut auch auf das Pflanzenreich exemplifizieren, doch das würde zu weit führen — das männliche Wesen sich seinem künftigen Gesponse bemerkbar zu machen und seine Mitbewerber zu verdrängen sucht, äußert sich in drei Eigenschaften: erstens Farbenglanz, zweitens Gesangskunst, drittens Kampfesmut.

Vom Paradiesvogel bis zum Pavian und bis zum Husarenlieutenant sehen wir das ewig Männliche in herr-

lichster Farbenpracht erstrahlen, während das Weibchen in
der Bescheidenheit seines inneren Wertes daneben verschwindet.

Von der Eikade bis zum Auerhahn und zum Trouba-
dour macht sich das Männchen durch mehr oder minder
wohllautenden Gesang bemerkbar, während das Weibchen
sich in selbstbewußtes Schweigen hüllt.

Vom wilden Wasserkäfer bis zum brünstigen Hirsche
und zum göttergleichen Achill werden um des Weibes Besitz
die fürchterlichsten Kämpfe geführt, während dieses ruhig
daneben sitzt und abwartet, wer von den Kämpfenden übrig
bleibt. Hinterher läßt es sich dann von Homer und Offen-
bach noch ansingen. —

Wie meinen Sie? Der Hunger, nicht die Liebe, sei die
Haupttriebfeder zu dem ewigen Kampfe in der Natur? Sie
haben recht, ganz recht. — Allein wenn eines Tages die
Liebe aufhörte, so würde ein jedes Geschöpf sich fragen:
„Wozu soll ich dieses lumpige Leben noch leben?" Und falls
es nun nicht im stande ist, sich durch Schreiben pessimistischer
Bücher die Zeit zu vertreiben, so muß es jedem Dank
wissen, der sich die Mühe nimmt, es aufzufressen. Der
Kampf wäre mithin aus der Welt geschafft. — — —

Das geschilderte Verhältnis zwischen Mann und Weib
gilt so weit, als wir unverfälschtem Naturwalten gegenüber-
stehen; erst in unserer verrotteten Hyperkultur scheint es sich
umzudrehen. Wo die Eheschließung Schwierigkeit macht
und drüben die Gefahr nahe liegt, als alte Jungfer zu
sterben, da beginnt das Werben des Weibes um den Mann,
da legt man Rot auf, da schmückt man sich mit Tournüre
oder Chignon und lernt durch Verhüllen sich enthüllen,

da spielt man das Gebet der Jungfrau, da lernt man sogar
fechten, wie das Beispiel der Pariser Damen beweist.

. Doch kehren wir zur Natur und zum werbenden Mann-
wesen zurück! Von den drei Eigenschaften, durch die man
die Gunst des Weibes gewinnt, wurde dem Einzelnen meistens nur eine zu teil — 'in seltenen Fällen schenkte ihm
eine verschwenderische Laune der Natur deren zwei, wie das
Beispiel des Husarenlieutenants beweist.

Nun denken Sie sich aber einmal einen Mann, dem
sämtliche drei als Waffen im Kampfe der Liebe mitgegeben
wurden! Die Weiberherzen müssen ihm in Legionen zu-
fliegen, die Ziffer seiner Erfolge muß eine schwindelerregende
sein, in Berlin allein vielleicht mehr als tausend und drei.

Und ein solches Phänomen, in der ganzen Natur= und
Menschengeschichte einzig dastehend, ist der Tenor.

Schon an Farbenpracht kommt ihm keiner gleich. Wer
von uns anderen Männern darf es wagen, sich in silberner
Rüstung, wie sie die Schwanenritter tragen, von den Frauen
bewundern zu lassen? Wer sonst noch darf in wattierten,
rosaseidenen — doch schweig still, mein Herze!

An Gesangskunst — na, das versteht sich von selbst;
— und was den Kampfesmut anbetrifft, so — bitte, lächeln
Sie nicht, meine Freundin! — kein Bayard, kein Cid hat
so viel Heldenthaten aufzuweisen, wie er! Endet der erbitterte
Kampf, den er allabendlich mit seinen Nebenbuhlern führt
— dieselben pflegen Bariton zu singen und schwarze Tricots
zu tragen — nicht immer mit der moralischen Niederlage
der letzteren, auch wenn er, der Edle, dabei elendiglich zu
Grunde geht? Erduldet er nicht selbst den Flammentod mit
dem größten Vergnügen, meistens sogar im Dreivierteltakt?

So — und nachdem ich diesen letzten Trumpf aus=
gespielt habe, werden Sie hoffentlich nicht mehr zweifeln, daß
wir in dem Tenoristen in der That den Idealmann ver=
körpert finden, und sollte er selbst von dem seinem Berufe
verbrieften Privilegium: angeborener Dummheit froh zu sein,
einen mehr als polizeilich erlaubten Gebrauch machen. Doch
diese Dummheit mag gerade als ein Attribut des Ideal=
mannes gelten.

Was aber leider diesem idealen Manne gänzlich zu
mangeln pflegt, das ist der Sinn für ideale Liebe; und
wehe der seraphisch gestimmten Frauenseele, die in dem
Menschen wiederzufinden meint, was der Sänger in so
zarten Tönen versprach! Psyche mag froh sein, wenn sie
sich noch mit versengten Flügeln aus dem Bereiche des
Lichtes rettet, das ihr angezündet ward!

Da muß ich Ihnen doch gleich eine kleine Geschichte
erzählen, die Geschichte eines Fächers, die hier hinein paßt
und zudem einen denkwürdigen Anhang zu Ovids Meta=
morphosen bildet!

Eine der Frauen, für die ich von alters her schwärme,
ist Frau Lilly X. X. — bitte, strengen Sie sich nicht an,
Sie kennen sie nicht — die Gattin eines westfälischen Eisen=
industriellen, welcher den preiswürdigen Einfall gehabt hatte,
sich mit Hinterlassung einer halben Million in ein besseres
Jenseits zu entfernen. — Sein Tod war die erste Liebens=
würdigkeit seines Lebens. — Frau Lilly kam nach Berlin
in die große Welt wie eine verwunschene Prinzessin, die
bislang in einem Rauchfang gesessen. Sie brachte die Ge=
wohnheit mit, über ihre Arme zu hauchen, als wolle sie
noch immer Kohlenstäubchen entfernen. Im übrigen war sie

rein, rein bis in die geheimsten Winkel ihres Herzens. — —
Ein scharmantes, kleines Persönchen mit schmalen, weißen
Händen, großen, sehnsüchtigen, blauen Augen und einem
dunkelbraunen Strudelkopf.

Sie saß und wartete auf die — Liebe.

Wir alle machten ihr den Hof, aber wir waren ihr
nicht gut genug. Wir seien allzu leichte Ware, meinte sie,
nur unsere Ansprüche mögen schwer.

„Er soll mein Schicksal werden, wie ich das seine,“
sagte sie mir einmal mit schwermütigem Augenaufschlag,
„aber er muß die Kraft haben, zu entsagen, wie ich sie
haben werde.“ — Sie seufzte tief auf.

Ich auch. — Und darauf lachte der eine den anderen aus.

Zu derselben Zeit begab es sich, daß ein berühmter
Sänger zu einem kurzen Gastspiel in Berlin erschien. Die
ganze Frauenwelt jubelte ihm entgegen und zitterte doch vor
ihm; denn die Glorie wildester Don-Juan-Romantik um-
gab seine Gestalt, und nimmer noch, hieß es, hätte ein
Weib dem Sturmlauf seines Werbens widerstanden. —
Man kennt das wonnige Grausen, mit welchem eine über-
reizte Frauenphantasie dem Erscheinen eines solchen Messias
entgegenträumt, man weiß, wie ansteckend dieses Fieber
wirkt.

Auch Frau Lilly ward von dem allgemeinen Rausch
ergriffen, und sie noch heftiger als die anderen, denn in
ihrer Seele vereinigte sich die leise Sehnsucht des liebe-
bedürftigen Weibes mit den furchtsamen Schauern des neu-
gierigen Kindes.

Wonnetrunken kam sie aus der Oper zurück, wo sie ihn

in all seiner Herrlichkeit, von Jauchzen empfangen, mit Lor-
beer überschüttet, zum erstenmal erblickt hatte.

Zwei Tage darauf erhielt sie von einer Freundin, die
ein glänzendes Haus machte, ein Einladungskärtchen, welches
neben der lithographierten Formel in einer Ecke die mit Blei-
feder gekritzelten Worte trug: „Er wird da sein.“

Sie hüllte die wogende Brust in einen Frühlingshauch
von Spitzen, sie nestelte mit zitternder Hand die duftigsten
Rosen in das widerspenstige Gelock. Hold und verschüchtert
wie ein Nixenkind, das zum erstenmal die oberirdische
Herrlichkeit erschaut, betrat sie den Ballsaal.

Er war noch nicht gekommen. Man fürchtete sogar,
er werde im letzten Momente absagen lassen. Männer wie
er können sich das erlauben. — Atemlos harrend saß sie
da — und so die anderen alle.

Gegen $^1/_2$11 Uhr ging ein freudiges Beben durch den
Saal. Aus dem Vorzimmer war Kunde gekommen. —
Die Thür öffnete sich. — Er war es! Sein müder Blick
überflog nachlässig den Saal, die Wirtin zu suchen, die er
kaum kannte. Eine byronische Locke fiel düster dräuend auf
seine durchfurchte Stirn. — Ein leiser exotischer Duft ging
von ihm aus.

„Er ist es — er ist mein Schicksal,“ flüsterte Frau
Lilly und senkte den feuchten Blick in ihren Schoß; denn
sie konnte seinen Anblick kaum ertragen.

Er verschwand nach einem der einsamen Gemächer.
Es verlohnte sich nicht für ihn, die Zeit mit Konversation
zu vergeuden.

Eine Weile später hieß es: „Er wird singen.“ „O,
Gott,“ seufzte Frau Lilly, „wie werd’ ich das ertragen?“

Er erſchien wieder auf der Bildfläche. Seine bläulich behandſchuhte Hand glitt nervös über die Schläfen, wobei die düſtere Locke tiefer auf die Brauen herabſank. Offenbar kopierte er Rubinſtein.

Er begann. Es war die Toſtiſche Wimmerarie: „Vorrei morir“, die er gewählt hatte, dieſelbe, durch welche Mierzwinski ſpäter ſo reiche Triumphe erntete. — Eine Welt unendlichen Leides ſtrömte aus ſeinem Munde. Die Töne drangen auf die Nerven der Weiber, wie die Geißeln, mit welchen die Flagellanten in wollüſtigem Schmerze ſich peitſchten. In ihnen lag der wilde Aufſchrei des Glückheiſchenden — der letzte Hauch des ſelig Sterbenden lag in ihnen. — Auf der Stirn des Sängers ſtand der Jammer Laokoons geſchrieben. Sein umflortes Auge ſuchte im Saale umher, als müßte es ſich an etwas anklammern, bevor es brach. — Und ſiehe da! es blieb auf Frau Lillys lieblichem Figürchen haften.

Ein heißer Schauer fuhr ihr den Wirbel hinab.

„Vorrei morir“, wiederholte ſie traumverloren. Ihr Auge hatte den Heiland erſchaut — nun konnte ſie ſterben.

Als es zur Tafel ging, kam die Wirtin des Hauſes zu ihr heran, und mit der Rührung der Wohlthäterin ihre Hand drückend, flüſterte ſie ihr zu: „Bedanke dich, Lilly, du wirſt zu ſeiner Linken ſitzen.“

Ich führte ſie. Es war kein Genuß, das kann ich Sie verſichern; denn ich blieb heute Luft für ſie. — Ihr Auge verſchlang jede ſeiner Mienen, ſie zehrte von dem Windhauch, den ſeine Aermel hervorbrachten.

Er zog die Handſchuhe aus und warf ſie nachläſſig in ein leeres Kriſtallglas. Ein Panzer von Diamanten funkelte an seiner langen, mattgelben Hand. Zwischen den Fingern saßen kleine Puderreſtchen, die er liebevoll auf der Haut= fläche verrieb.

Er war einſilbig. — Das ſind große Männer immer.

Dann und wann warf er der Wirtin ein Kompliment zu, wie man einem Hündchen ein Knöchelchen zuwirft. Sie nagte glückſelig daran.

Frau Lilly geruhte er zu überſehen.

Deſto eifriger beſchäftigte er ſich mit ſeinem Teller. Die Hummerpaſtete hatte ſeinen vollen Beifall, — von dem Lammrücken nahm er zweimal, — bei dem Anblick der Forellen flog ein erſter Schimmer der Freude über ſein düſteres Antlitz, — und die Poularden gewannen ihn vollends dem Leben wieder. Dazwiſchen goß er den alten Chambertin in Strömen hinab.

Endlich fiel ein milderer Blick auch auf Frau Lilly.

„Hatte mein Lied Ihren Beifall?“ fragte er ſie mit der Miene eines Mannes, der die Löſung des Welträtſels beabſichtigt.

„O — wie kann ich Ihnen danken?“ ſtammelte ſie.

„Danken Sie mir nicht,“ fiel er ihr ins Wort, die Hand vertraulich auf ihren Arm legend — ich war nun bereits anderthalb Jahre mit ihr befreundet und hatte mir eine ſolche Geſte noch nie erlauben dürfen — „Sie waren es, die mich begeiſterte, und wenn ein Hall meines innerſten Empfindens in meinem Geſange nachzitterte, ſo habe ich es Ihnen zu danken.“ Er ſprach es ruhig und geläufig, wie man etwas Auswendiggelerntes herſagt.

Ich überließ nun Frau Lilly ihrem Schickſal. Sie hatte den Sänger zu feſſeln gewußt; denn nach der Tafel zog er sie in eine dämmerige Nische, wo er wohl eine halbe Stunde mit ihr plauderte.

Bald darauf und lange vor Schluß des Festes brach er auf.

„Wahrscheinlich hat er noch in etlichen Boudoirs zu thun,“ raunte ein bissiger Freund mir zu, als er ihn im Vorzimmer verschwinden sah.

Am anderen Vormittag ließ Frau Lilly mich rufen und erzählte mir glückstrahlend, was in der Nische vorgegangen.

Sie hatte eine merkwürdige Seelenharmonie zwischen ihr und dem Sänger entdeckt. In der Auffassung der Liebe als Schicksal war er durchaus ihrer Ansicht gewesen, und die Theorie des Entsagens gar hatte er womöglich noch strenger ausgebildet, als sie selber.

Ich dachte mir mein Teil, hütete mich aber, es auszusprechen. O, hätte ich nur nicht so feinfühlig sein wollen!

Das Ende vom Liede war gewesen, daß er vor lauter Begeisterung ihren Fächer, mit dem er gerade spielte, in die Tasche gesteckt und nicht mehr hatte herausgeben wollen.

„Was nun thun?“ fragte sie in scheinbarer Hilflosigkeit, während die Freude über den an ihr verübten Raub ihr verräterisch aus den Augen sprühte.

„Das Beste wird sein,“ meinte ich halb im Scherze, „Sie schreiben ihm, daß er Ihnen das corpus delicti persönlich wiedergebe.“

Sie erglühte bis in den Nacken hinein. Der Gedanke war ihr augenscheinlich nicht mehr neu.

Gleich darauf verabschiedete sie mich. Als ich sie später einmal nach dem Fächer fragte, wurde sie verlegen und wich der Antwort aus. Wohl zwei Monate vergingen, ehe

ich das rätselhafte Ereignis erfuhr, welches der Aermsten
manche Stunde friedlichen Schlafes gekostet hatte.

Der Gedanke, daß sie den Fächer wieder haben müßte
um jeden Preis, war ihr fortan nicht mehr aus dem ver=
liebten Köpfchen gewichen. Selbst ihre gekränkte Frauen=
würde führte die Sophistin ins Feld, um von sich selber
die Erlaubnis zu einem Stelldichein zu erbetteln. Endlich
faßte sie einen heroischen Entschluß und schrieb ihm in sein
Hotel folgende Zeilen:

„Mein Herr!
Ich bitte Sie, mir mein Eigentum zurückzugeben.
Zu diesem Zwecke werde ich Sie am Sonnabend um 12 Uhr
in dem linken Oberlichtsaale des Museums erwarten.
Lilly X."

Sie sehen hieraus, wie naiv sie noch war! Einen
Mann, wie ihn, nach dem Museum hinzubestellen, wo die
Backfische und die Studenten sich ihre Rendezvous geben!

Halb betäubt vor Angst saß sie zur bestimmten Frist
auf dem Rundsofa in der Mitte des Saales und starrte
nach der Thür.

Er ließ wohl eine Viertelstunde auf sich warten; doch
das gehörte sich so. Endlich erschien er, in einen kostbaren
Biberpelz gehüllt, ein blauseidenes Cachenez vor dem Munde.
Er sah unwirsch aus und schien es eilig zu haben.

Sein Blick glitt durch den Saal und blieb zweifelnd
auf ihr haften. Er mußte kurzsichtig sein, denn er fixierte
hinterher noch zwei andere Damen; und wäre sie ihm nicht
mit einem schwachen Lächeln zu Hilfe gekommen, er wäre
vielleicht an ihr vorübergegangen.

Nun trat er mild lächelnd auf sie zu und ergriff ihre Hand.

„Mein geliebtes Kind!" sagte er.

Die Kniee wankten ihr vor Schreck und Scham. Wo nahm er das Recht her zu solcher Anrede?

Darauf sah er sie wieder mit jenem seltsam prüfenden, zweifelnden Blicke von der Seite an, wie jemand thut, der einen anderen in seinem Gedächtnis unterzubringen sucht.

„Es war etwas dunkel," sagte er dann leise, fast zärt= lich, wie um diesen Blick zu entschuldigen.

Sie sah erstaunt zu ihm empor. „Ja, es war etwas dunkel in der Nische," entgegnete sie verschämt.

Er lächelte. Sie verstand das Lächeln nicht; aber es lag etwas darin, das sie erröten machte. —

„O, ich war glücklich!" sagte er dann und drückte ihr verständnisinnig die Hand.

Sie war aufgestanden; er aber setzte sich dicht vor ihr auf dem Ledersofa nieder und — streckte die Beine aus.

Diese Bewegung erinnerte sie an ihren verstorbenen Gemahl. Es lag in der That etwas von der Ungeniertheit eines Ehemannes darin. Ihr wurde sehr unbehaglich zu Mute, und sie errötete aufs neue.

Und wiederum sah sie seinen prüfenden Blick auf sich gerichtet. Diesmal schüttelte er sogar den Kopf.

„Ist das heiß hier," sagte er dann, knüpfte den Pelz auf und zog die Handschuhe ab. Dabei fiel ihm einer von seinen Brillantringen zur Erde.

Er bückte sich phlegmatisch.

„Den darf ich nicht verlieren," sagte er, „er ist ein

teures Andenken von der Fürstin . . .", Er hielt inne und
lächelte eitel.

Sie erschrak. Unmöglich! Sie mußte sich verhört haben.

Er drehte den Ring langsam an den Gelenken hinunter
und beäugelte auch die anderen.

„Sehen Sie diesen hier —" sagte er. Sie unter=
brach ihn hastig; vielleicht hätte sie sonst ein interessantes
Seitenstück zu der Karl Moorschen Erzählung von den vier
Ringen zu hören bekommen.

„Kennen Sie unsere Galerie bereits?" fragte sie.

„Nein," erwiderte er und hielt die Hand vor den
Mund, wie um ein Gähnen zu unterdrücken.

„Es ist mir tief schmerzlich, meine teuerste Frau,"
fuhr er nachlässig fort; aber was ihm tief schmerzlich war,
sollte sie nie erfahren, denn plötzlich hielt er inne und griff
mit der Hand nach seiner Kehle, wobei zwei gurgelnde Töne
zum Vorschein kamen.

„O — ich bin wieder belegt," sagte er dann, „und
heute soll ich singen. Dieser Temperaturwechsel — ich muß
machen, daß ich fortkomme, sonst werde ich stockheiser."

Darauf erhob er sich und langte mit seiner Rechten in
die weite Tasche seines Pelzes, aus welcher er einen weißen,
viereckigen Karton hervorzog, der mit einer rosaseidenen
Schnur umwunden war. Einen Augenblick zögerte er —
noch einmal jener zweifelnde Blick, — dann, wie sich zu
raschem Entschlusse aufraffend, flüsterte er mit vielsagendem
Lächeln:

„Und hier ist, was Sie wünschten."

Mechanisch nahm sie das Päckchen an sich. Sie wagte
kaum mehr sich zu rühren, so unheimlich war ihr zu Mute.

Er ergriff zum Abschied ihre Hand.

„Wie gern möchte ich Sie auf die Stirn küssen, mein geliebtes Kind," flüsterte er.

„Um Gotteswillen!" schrie sie auf.

„Aber es sind Leute da," fuhr er mit ruhigem Lächeln fort. „Auf Wiedersehen heut in der Oper — nicht wahr?"

Damit eilte er hinaus.

Wie versteinert starrte sie ihm nach. „Warum behandelte er mich so?" stammelte sie. Wie gern hätte sie sich beglückt gefühlt, aber das Weinen war ihr nah!

Vollends betäubt schlich sie nach Hause.

*   *   *

Dort öffnete sie das Kästchen.

Berauschender Blumenduft stieg daraus empor. Obenauf fiel ihr ein Zettel ins Auge, auf dem die Worte standen:

„Ewige Erinnerung an die Stunde des Glücks."

Und unter dem Zettel, auf dunkelroten Rosen gebettet, lag statt des Fächers — — — ein Hausschlüssel.

La donna è mobile.

Warum sind Sie so entrüstet, liebe Freundin? Ueber das wetterwendische kleine Fräulein, das seit gestern abend in aller Leute Munde ist?

Ich gebe ja zu, am Tage vor der Hochzeit, da Huster bereits den Braten spickte und der Champagner schon auf dem Eise stand, mit einem anderen davonzulaufen, — es ist ein starkes Stück. Aber Philosophen dürfen sich nie ereifern.

Und schließlich — that sie nicht wohl daran, die liebe Kleine?

Ihr Verlobter, freilich, der hat nun das Nachsehen — aber warum tönte auch alle Welt von seinem Lobe wieder?

Warum hieß er auch der schöne Martin? — Welcher Frau von Rasse — um Ihren beliebten Ausdruck zu ge= brauchen — muß es für die Dauer nicht unerträglich werden, ein Männerantlitz von tadelloser Regelmäßigkeit vor sich zu sehen? — Nicht der kleinste Höcker auf der Nase, nicht das leiseste Fältchen, das nicht im Schönheitskodex stände — ich bitte Sie, wer kann das aushalten? Er war zu schön, und das war sein Verderben.

Und dann bedenken Sie: dieses erdrückende Uebermaß
seiner Tugenden! Ein solcher Adonis und nicht im mindesten
von den Weibern verdorben! Keine Spur von Schlingel=
haftigkeit im Wesen! Nie gewillt, sie zu maltraitieren! Der
reinsten hingebendsten Liebe fähig! Ohne jeden Flecken, jede
Pikanterie in seiner Vergangenheit. Sie werden mir zu=
gestehen, daß für viele Ihres Geschlechtes, welche die so=
genannten „gefährlichen“ Männer zu schätzen wissen, diese
Vorzüge ebenso viele Mängel bedeuten.

Da war ein solches mauvais sujet, wie der gräfliche
Entführer, ein ganz anderer Held! Ich bitte Sie, wer kann
dem Siegerlächeln eines Mannes widerstehen, dessen Pfad
mit zerbrochenen Eheringen gepflastert ist, und der eine halbe
Million unbezahlter Ehrenschulden aufzuweisen hat? — —

Und dann vor allen Dingen: La donna è mobile.
Ich weiß ja, Sie bestreiten die Wahrheit dieses Satzes und
halten ihn für eine plumpe Fabel, welche die Herren der
Schöpfung erfunden haben, um ihre eigene Flatterhaftigkeit
zu vertuschen. Ich geb' es zu: Männlein und Weiblein
haben einander nichts vorzuwerfen. — Aber ein Unter=
schied existiert doch. Der Mann wandelt sich in seinen
Neigungen mit vollem Bewußtsein, er macht sich Gründe
oder wenigstens Scheingründe zurecht und kämpft die Kollision
des „Für“ und „Wider“ redlich durch — wenn auch freilich
nur zu oft in gröblich egoistischem Sinne! Die Frauen
hingegen! Nun, ich will die alte Mär' von ihrer Logik=
losigkeit nicht wieder aufwärmen, — Sie selbst, scharfsinnigste
aller Freundinnen, beweisen ja leuchtend, wie anfechtbar sie
ist, — jedenfalls aber ist es das Ueberwiegen unbewußter
Mächte im Frauengemüt, jene rätselhafte innige Verwandt=

schaft mit dem Naturleben, welche sie häufig zu so naivem, rapidem und unerklärlichem Wechseln ihrer Gefühle und Neigungen verführt. Und das — trotzdem das Weib von der Natur zur Treue prädestiniert ist, wie ich Ihnen gerne zugeben will.

Sie fragen, warum ich so nachdenklich vor mich hin= schmunzle?

Mir fällt hierbei eine Frau ein, der ich gestern auf der Straße begegnete, und die mir einen Blick voll tiefster Dankbarkeit zuwarf, dafür — daß ich sie nicht grüßte.

Sie finden das seltsam. Ja, ich muß Ihnen die Sache doch erzählen! Sie hat ihre psychologisch interessante Seite. Also:

Ich hatte in einem der letzten Sommer einige Wochen am Rhein zugebracht und befand mich auf der Heimreise nach Berlin. Da ich mich in Frankfurt mit dem Schaffner gut zu stellen gewußt hatte, war ich in meinem Coupé allein geblieben. Nicht auf lange.

Auf der Station Elm, einem entzückend gelegenen Neste Frankens, öffnete er mit bedauerndem Achselzucken die Thür, und herein stieg eine dichtverschleierte, elegante Dame mit üppigen, noch jugendlichen Formen. Sie drückte das Taschen= tuch, das sie zusammengeballt in der Hand hielt, für einen Moment gegen die Stirn und wandte sich dann wieder zum Perron hinaus, von wo aus eine artige Anzahl von Handgepäckstücken, ein Sonnenschirm, ein Regenschirm, eine juchtenlederne Necessairetasche, ein gesticktes Reisekissen, eine getigerte Plüschdecke und dergleichen ihr zugereicht wurden.

Dann folgte ein dunkelbärtiger Herr, dem Anschein nach

in der Mitte der Dreißiger, der höflich vor mir den Hut
lüftete und sich dann neben ihr niederließ.

Eine Weile saßen sie schweigend nebeneinander. Er
hatte ihre Hand gefaßt und schaute still vor sich nieder.
Sie besgleichen; nur erschütterte von Zeit zu Zeit eine zuckende
Bewegung — wie ein thränenloses Schluchzen — ihren
Körper.

Sie brach zuerst das Schweigen. „Wie lange sind wir
noch beisammen?" fragte sie. Es war eine sanfte, leis verschleierte Stimme, deren Klang dem Ohre schmeichelte.

„Noch fünfunddreißig Minuten," sagte er, nach der
Uhr sehend.

„O mein Gott!" sprach sie schmerzlich vor sich hin.

„Du bist abends mit Dunkelwerden in Berlin," sagte
er nach etlichem Schweigen.

„Und wann kommst du nach Zürich?" fragte sie.

„Morgen früh," antwortete er. „Ja, und dann liegen
wieder hundert Meilen zwischen uns."

Sie preßte seine Hand fester. „Aber du schreibst mir
oft, nicht wahr?"

Er nickte.

„Jeden anderen Tag, wie bisher?" fuhr sie fort.

„Gewiß, mein Weib," erwiderte er leise und innig.
„Wär's anders möglich? Und du antwortest dann sofort,
wie bisher. Auch von den Kindern schreib mir viel, du
weißt, wie sehr mein Herz an ihnen hängt."

„Du Guter!" preßte sie leise hervor, sich an ihn
schmiegend. Ihr ganzer Körper erzitterte bei seiner Be-
rührung, und langsam sank ihr Kopf an seine Schulter in
trauter, selbstvergessener Hingebung.

Und wieder saßen sie schweigend da, ganz ineinander versenkt.

Auf mich, den Zuschauer, achteten sie nicht. Wie sollten sie auch? Wenn zweien Gatten die Trennungsstunde schlägt, gibt's keinen Dritten mehr auf der Welt. Zudem war ich augenscheinlich so sehr in meinen Roman versenkt, — es war das Neueste und Großartigste von Guy de Maupassant, wie mir der fliegende Buchhändler auf dem Frankfurter Bahnhof versichert hatte, — daß von meiner Anteilnahme unmöglich etwas zu fürchten war.

Und nun schlug sie den Schleier zurück. Ein volles, aber blasses Gesicht mit einem interessanten Fältchen der Ermüdung ward darunter sichtbar. Die Augen, die sehr schön zu sein schienen, waren vom Weinen gerötet, die Lider geschwollen.

Arme Frau! — — —

Dann begannen sie wieder zu reden. Es war ein trauliches, inniges Geplauder, von dem ich leider — leider nur abgerissene Worte verstehen konnte; aber jedes dieser Worte war so, als ob ein übervolles Herz seinen ganzen Liebesschwall hineinpressen wollte.

Und nun pfiff der Zug. Die grotesken Türme der alten Bischofstadt Fulda wurden hinter dem Coupéfenster sichtbar.

Da brach sie in lautes Weinen aus, und während der Zug hielt, klammerte sie sich mit zuckenden Händen an seinem Halse fest und stieß Laute voll wahnwitzigen Schmerzes aus.

Er sprach tröstend und beruhigend auf sie ein; aber auch ihm, dem starken Manne, standen die Thränen in den Augen. Dann versuchte er mit sanfter Gewalt sich von ihr

los zu machen. Es war die höchste Zeit, denn die Schaffner
begannen schon die Thüren zu schließen.

„Leb' wohl," sagte er mit zuckenden Lippen und sprang
auf den Perron hinaus; die Thür schlug ins Schloß, und
fast in demselben Momente setzte der Zug sich in Bewegung.

Sie schaute ihm nicht mehr nach. Es schien, als ob
die Kräfte ihr versagten. Zusammengekauert saß sie in einer
Ecke und weinte leise vor sich hin.

Ich hielt es für unzart, sie irgendwie zu stören, und
las mich nun wirklich in meinen Guy de Maupassant hinein,
wiewohl die Lettern anfangs vor meinen Augen allerhand
Reigentänze aufführten.

Da, als — eine Stunde später — der Zug in Bebra
hielt, hörte ich plötzlich ihre verschleierte Stimme in sanfter
Bitte sagen: „Ach, mein Herr, verzeihen Sie, mir ist nicht
ganz wohl; darf ich Sie bitten, mir ein Glas Wasser zu
besorgen?"

So wurden wir miteinander bekannt; und wiederum
eine Stunde später war es mir wirklich gelungen, sie ihren
schmerzlichen Gedanken zu entreißen. Sie hörte meinem
Schwatzen mit etlicher Teilnahme zu, und von Zeit zu Zeit
glitt sogar ein Lächeln über ihr Angesicht. Ja, noch mehr!
Sie wurde selber mitteilsam und erzählte mir unter anderem,
daß sie sich in Homburg ein Rendezvous gegeben, und daß
er sie bis nach Fulda begleitet habe, um dann sofort nach
Zürich zurückzukehren. Allerhand Geschäfte hielten ihn leider
an die Schweiz gefesselt, während sie selber gezwungen sei,
in Berlin zu leben.

„Wohnen Sie auch in Berlin?" fügte sie fragend

hinzu, während der Ausdruck einer plötzlichen Sorge in ihren Zügen aufflackerte. Und als ich die Frage bejahte, fuhr sie merklich zusammen.

Von nun an wurde sie einsilbiger, und eine Weile später sagte sie mir, daß sie sich müde fühle und versuchen wolle, ein wenig zu schlafen.

Und sie schlief wirklich, schlief mit kurzen Unterbrechungen volle fünf Stunden lang.

Die kleinen, zierlich beschuhten Füßchen gegen den jenseitigen Sitz gestemmt, den Kopf weit in die Kissen zurückgelehnt, so saß sie da. Der üppige Busen hob und senkte sich in tiefen, regelmäßigen Atemzügen, und von Zeit zu Zeit flog ein nervöses Zucken über ihr Angesicht.

In Halle bekamen wir zwei neue Passagiere — sie ließ sich nur wenig durch dieselben stören und schlief weiter; erst kurz vor dem Ende der Fahrt wachte sie endgültig auf.

„Ah, wir sind ja bald da," rief sie, zum Fenster hinausblickend. Die Ruhe schien ihr wohlgethan zu haben. Ein rosiger Hauch lag auf ihren Wangen, und ein leises Lächeln spielte um ihren Mundwinkel. Mit vieler Lebhaftigkeit machte sie sich daran, ihre Siebensachen zusammenzuraffen, und je mehr wir uns der Stadt näherten, desto erwartungsvoller wurden ihre Mienen, desto heller leuchtete ihr Lächeln auf. Sie schien die Zeit nicht mehr erwarten zu können, bis wir in die Bahnhofshalle einfuhren, guckte alle Augenblicke zum Fenster hinaus, stand auf und setzte sich wieder.

Endlich waren wir da.

„Gott sei Dank," sagte sie vergnügt und reckte sich ein wenig, wie man zu thun pflegt, wenn geheime Angst

und freudige Erwartung vereint einem das Herz be-
klemmen.

„Darf ich Ihnen vielleicht beim Besorgen der Droschke
behilflich sein?" fragte ich.

„Ich danke Ihnen vielmals," sagte sie rasch mit ver-
wirrtem Lächeln, „aber mein Mann erwartet mich."

Da, als wäre eine Feuersbrunst auf ihren Wangen
entzündet, flammte ihr Angesicht in glühender Schamröte
auf, sie starrte mich wie versteinert an und griff zweimal
mit den Händen in die Luft, als wolle sie das entflohene
Wort mit Gewalt zurückholen.

„O mein Gott!" sagte sie dann, sich mit der flachen
Hand vor die Stirn schlagend, und brach in demselben
Augenblicke in lautes, krampfhaftes Schluchzen aus.

„Um Gotteswillen, gnädige Frau," raunte ich ihr zu;
aber sie hörte mich nicht.

Und nun wurden die Thüren aufgerissen.

„Rosa, Rosa," riefen mehrere Stimmen. „Da bist
du ja!"

Vor dem Coupé standen mehrere Damen, alte, auch
junge, auch ein Herr mit zwei Kindern an der Hand.

Und — noch immer schluchzend — sank sie in seine
Arme. — — —

Dann einige Monate später in einer Gesellschaft —
— — Ach, da kommt die Lampe!

Das römische Bad.

Wie? Man hat Sie verlästert, ärmste Frau? . . .
Was hat man denn gesagt? Sie seien mit einem Herrn
im Theater gewesen? Sie haben ihm erlaubt, Sie in Ihrem
Wagen heimzugeleiten? . . . Aber, ich bitte Sie, hat man
denn nicht recht? . . . Wenn ich nicht irre, war ich selber
jener Herr . . . Wollen Sie Ihren teuern Freundinnen
verwehren, Blutzeugen der Wahrheit zu sein? . . .

Die pikanten Schlußfolgerungen sind es, die Sie em-
pören? — Sagen Sie mir eine einzige Harmlosigkeit auf
der Welt, aus welcher man nicht pikante Schlüsse zöge, und
ich will mich Ihrer Empörung anschließen . . .

Vorgestern, als wir bei Z.'s zusammen waren, erlaubte ich mir beim Abschiede die gewiß unverdächtige Be-
merkung, daß Sie ein wenig blaß aussähen, und daß ein
Spaziergang im Tiergarten zur Mittagszeit Ihnen gut thun
würde. Frau Meyer beobachtete uns, und wenn ich auch
das verständnisinnige Lächeln, das auf dem Antlitz dieser
Dame erblühte, nicht bemerkt hätte, so würde ich doch darauf

schwören können, daß sie heute erzählt, wir hätten heimlich
ein Rendezvous verabredet . . . Daß ich, wie wir miteinander stehen, einfach hätte sagen können: wissen Sie was?
ich werde Sie abholen kommen; daß ich Sie überdies zu
jeder Tagesstunde in vollendeter Einsamkeit zwischen Ihren
vier Pfählen genießen kann — notabene, wenn Sie mich
empfangen wollen, — daran denkt man nicht.

Bitte, bitte, ereifern Sie sich nicht! Ob wir in Berlin
oder in Abdera wohnen? fragen Sie. Ob wir den Staub
des Schildbürgertums niemals von unseren Füßen schütteln
können? — Nein, das können wir nicht. Abderiten bleiben
wir, oder vielmehr, wir werden es in dem Augenblicke, in
welchem wir das Einladungskärtchen, das uns Herr und
Frau Meyer übersenden, n i c h t abweisen und dasselbe etliche
Wochen später durch ein ähnliches erwidern. — Dadurch
räumen wir Herrn Meyer — und noch mehr der Frau
Meyer — also Leuten, die uns nie etwas angingen und
nie etwas angehen werden — das Recht ein, über unseren
Handlungen zu Gericht zu sitzen. Wir werden Sklaven des
Hauses Meyer.

Freilich, auch Demokrit war ja ein Bürger von Abdera; aber wie ich Demokrit kenne, hat er sich ein Halb-
hundert Formulare lithographieren lassen, worin in den
schönst geschweiften Lettern geschrieben stand, daß er zu
seinem unendlichen Leidwesen verhindert sei, der an ihn
gütigst ergangenen Einladung zum — das Datum wird
später ausgefüllt — Folge zu leisten, — auf gut Griechisch:
„Bleibt mir drei Schritt vom Leibe!"

Sie haben recht, das darf sich nur Demokrit erlauben; wir anderen aber stürzen uns kopfüber in jene

Heuchel= und Lästeranstalt, die man Gesellschaft nennt, sie,
die unsere Talente erstickt, unseren Charakter verflacht und
— wenn sie's gut mit uns meint — unsere Eitelkeit groß-
päppelt.

Eine solche Gesellschaft, ob sie in Berlin oder in
Inowrazlaw sich bildet, ist ihrer Natur nach kleinstädtisch
angelegt, und nur die Erscheinungsformen dieser Klein-
städterei sind hier und dort verschieden.

Ob Frau Meyer sich hier nußgroße Brillanten in die
Ohren hängt, ob sie sich dort mit der Brosche schmückt, die
sie als Zugabe zu einem illustrierten Familienjournal erhalten hat, ob sie ihre Freundinnen zu einem „five o'
clock tea" oder zum Kaffee mit frischen Waffeln bei sich
sieht, ob die Spitzen der Litteratur und der Kunst oder ein
paar zitternde Referendare mit benzinduftigen Handschuhen
bei ihr verkehren, ob sie über Schopenhauer und Guy de
Maupassant oder über die Marlitt und Gregor Samarow
zu schwatzen weiß, es bleibt sich alles ganz egal: der Geist,
der in dieser Frau lebt, ist hier und dort der gleiche; sie
versteht nie und nimmer von ihrer werten Persönlichkeit zu
abstrahieren, urteilt stets aus der Enge ihrer zufälligen Erfahrungen heraus und ordnet sich willig jeder Willkür-
ordnung unter, die gerade an der Mode ist.

Der geistige Horizont sei hier und dort ein verschiedener, sagen Sie. Ganz recht. Doch was hilft unserer
Frau Meyer — ich meine der großstädtischen — die Weite
ihres Horizontes, wenn ihr Auge nur die Fähigkeit besitzt,
das Farbenschreiende, das kleinlich sich Vordrängende, das
zufällig in den Weg Geworfene zu erkennen, für alles
übrige aber mit Blindheit geschlagen ist?

Sie steht dicht an dem Strom der Weltgeschichte. Ganz recht. Aber was schöpft sie daraus? — Anekdoten!

Sie trinkt an den ersten Quellen litterarischen und künstlerischen Schaffens. — Ganz recht. — Aber was thut sie in den Premièren, den Ausstellungen, die sie nie versäumt? Sie stellt sich selber aus.

Sie steht im Verkehr mit den bedeutendsten Männern der Zeit. . . . Ganz recht. — Aber als was betrachtet sie sie? Als Salonzierden. Sie kennt ihre kleinen Schwächen ganz genau, sie hat beobachtet, mit welcher Eitelkeit jener geniale Maler vor dem Spiegel seine Krawatte zurechtrückte, sie weiß zu erzählen, wie dieser greise Gelehrte, dessen Ruhm die Welt durchhallt, nach dem Champagner ein heimliches Schläfchen machte, sie hat all' die gepfefferten Frivolitäten aufgefangen, welche jener sinnig zarte Poet in Weinlaune um sich streute. Da lob' ich mir mein kleines Cousinchen in der Provinz. Die kennt all' diese Herren von besserer Seite. Sie hat das große Bild des Malers in einem schönen Holzschnitt bewundert, sie hat das Schaffen des Gelehrten nach einer guten Biographie ihres Journals ahnen gelernt, sie hat den Poeten in seinen keuschesten Empfindungen belauscht.

Aber das hat ja Frau Meyer alles auch, sagen Sie. O, noch mehr, viel mehr! Das Original jenes Holzschnittes hängt in ihrem eigenen Salon, und über die Bücher des Gelehrten und des Dichters kann sie selber Bücher reden — aber nur, um zum Schlusse hinzuzufügen: „Und der das geschaffen, ist mein Freund. — Beweis: Mein letztes Diner."

Ja, unsere Frau Meyer ist eine echte, rechte Schild-
bürgerin. Sie sieht trotz ihres weiten Horizontes nicht
über ihre Nase hinweg, ihr Geist ist ein Speicher pikanter
Historchen, ihr Herz ein Altar der Gnade, doch ihre Zunge
ein Guillotinemesser.

Sie lachen. ... Nein, nein, ich spreche im Ernst. —
Meine These ist: „Wo Geselligkeit herrscht, da ist auch
Abdera!“ Denken wir uns drei, vier, fünf, sechs solcher
Frau Meyer, die zwischen dem Leipziger Platz und dem
botanischen Garten wohnen, zu einem geselligen Kreise ver-
eint, so entsteht eine Kleinstadt in optima forma; ein
Kirchturmgeist schwebt darüber, der wert wäre, der Genius
der Tucheler Heide zu sein.

Aber eines haben wir Abderiten der Großstadt vor
denen des Provinznestes voraus. Wir können uns unsere
Kreise wählen, und wenn uns der eine nicht mehr gefällt,
siedeln wir in einen anderen über. Auch ist die Kontrolle,
mit der man uns beglückt, nicht gar so scharf, die Schlinge,
welche uns die guten Freunde um den Hals legen, kann
nicht so enge zugezogen werden. Frau Meyer hat mehr
mit ihrer Toilette, ihren Vergnügungen zu thun, als ihre
Namensschwester in der Kleinstadt, auch arbeitet ihre Zunge
nicht gar so unbarmherzig, weil, weil — — ja, wie drück'
ich das aus? — weil gestern ein kleines, zierliches Billet
durch einen eiligen Boten abgegeben wurde, zu einer Stunde,
da Herr Meyer ... na, kurz und gut, sie kennt Momente
der Milde, weil sie sich von den Grazien noch nicht verlassen fühlt.

Aber Frau Meyer in der Kleinstadt! Vor der gibt
es kein Entrinnen! Tugend und Borniertheit, das sind

die beiden Reiser, aus denen sie ihre Megärengeißel zu=
sammenflicht. . . . Von den Zuständen, die da herrschen,
können Sie sich wohl kaum eine Vorstellung machen, und
damit Sie sich ein wenig trösten, will ich Ihnen eine kleine
lustige Geschichte erzählen, die viel zu unglaublich ist, als
daß sie erfunden sein könnte. — Hören Sie zu:

Dablowo ist ein kleines Nest irgendwo im Osten und
besitzt eine Kirche, ein Rentamt, drei Kaufläden, die zu=
gleich Branntweinschenken sind, und einen gemeinsamen Platz
zum Wäschetrocknen.

Auf dem Kirchturme steht ein einbeiniger Wetterhahn,
vor dem Rentamt ist das Treppengeländer abgerissen, in
den Schaufenstern der Läden paradieren je zwei urnenartige
Glasgefäße mit Fruchtbonbons und Lakritzenholz — in
einem sogar ein staubiger Zuckerhut mit einer Guirlande
von Kalkpfeifen ringsum — und auf dem Trockenplatz wurde
im Winter vor zwei Jahren ein erfrorener Handwerksbursch
gefunden. — Mehr an Dablower Merkwürdigkeiten auf=
zuzählen, würde mir schwer fallen.

Die Honoratioren bestehen aus dem Pfarrer, dem
Rentmeister, dem Amtsrichter und zweien der Gastwirte, —
der dritte wurde wegen seiner geheimen Leidenschaft fürs
Pferdestehlen in Acht und Bann gethan — und seitdem
Dablowo Eisenbahn erhalten hat, kamen noch dazu der
Stationsvorsteher und der Bahnmeister.

Diese Honoratioren waren einig darin, daß sie als
die edelste Blüte der Menschheit geschaffen worden, und daß
jenseits des Gemeindewaldes die eigentliche Welt aufhöre.
Der Pfarrer seinerseits, ein kleines vertrocknetes Männlein,

mit einer Tabaksnase und der Stimme eines weinenden
Kindes, hielt alles, was außerhalb seines Kirchspiels gelegen war, für einen ungeheuren, schwarzen Sündenpfuhl
und hatte außerdem nur noch eine Ueberzeugung, nämlich,
daß Homer die Präpositionen seiner Sprache nur deshalb
in Anwendung gebracht habe, damit er, der Pfarrer
Lewenthan, dreitausend Jahre später einen Kommentar dazu
schreibe.

Seine Gattin war eine Eingeborene von Dablowo,
die er sich vor fünfunddreißig Jahren heimgeholt hatte. Sie
besaß eine eigentümliche Art, mit dem Schürzenzipfel unter
der Nase vorbeizuwischen und dabei die dümmsten Fragen
zu thun. Ihr schönster Charakterzug war das Himbeer-
gelee, von dem sie im Spätsommer ihren Freundinnen je
ein Töpfchen zu verehren pflegte.

Sie hatte eine Cousine, Fräulein Leontine Wisoßky,
eine Jungfrau jenseits der Dreißiger, welche Putz machte
und eine Leihbibliothek hielt. Sie behauptete stets, die
neuesten litterarischen Erscheinungen auf Lager zu haben und
nach den neuesten Pariser Modellen zu arbeiten. Letzteres
konnte die Dablower Damenwelt aus naheliegenden Grün-
den nicht kontrollieren; aber wenn die Mode mit der litterarischen Produktion gleichen Schritt hielt, so mußte sie
seit dem Jahre 1837 still gestanden haben — aus diesem
Jahre nämlich stammte das Nesthäkchen ihrer Bibliothek,
die neueste Ausgabe von Karoline Pichlers ausgewählten
Romanen. Diese alte Schachtel — ich meine nicht Karoline
Pichler; gegen Kolleginnen soll man höflich sein — hatte
die gefährlichste Zunge in dem ganzen Neste. Sie sagte
ihren Freundinnen alle nur denkbaren Schandthaten nach,

besaß aber nichtsdestoweniger das Privileg, bei ihnen der
Reihe nach Abendbrot zu essen. — Um sich an den Nichts=
würdigkeiten der anderen zu weiden, gab man sich selber
gutwillig preis, denn man wußte wohl, daß Fräulein
Leontine zu viel Gerechtigkeitssinn besaß, um Ausnahmen
zu machen.

Fräulein Leontine war es auch, welche höchlich ge=
mißbilligt hatte, daß der Amtsrichter Krause, ein behäbiger,
breitschulteriger Junggeselle, der den Eindruck machte, als
müßte man ihm ein Stücklein Seife schenken, sich plötzlich
einer Jugendliebe erinnerte, die er vor so und so viel
Jahren in der Universitätsstadt besessen hatte, rasch einen
vierwöchentlichen Urlaub nahm und nach Ablauf dieser Frist
mit einem hübschen, runden Weibchen heimkam, welches
zwar nicht seine Jugendgeliebte, aber doch wenigstens deren
Tochter war. Man bleibt gern in der Verwandtschaft.

Es zeugt für den schönen Charakter von Fräulein
Leontine, daß sie sofort ihre eigenen Träume zu Grabe
trug und der jungen Frau ihre glühendste Freundschaft
entgegenbrachte. „Denn Jugend muß zusammenhalten,“
sagte sie.

Frau Käthe, ein lebenslustig=harmloses Weltkind, fühlte
sich nicht wenig einsam in dem traurigen Neste, und da die
Hauptstadt der Provinz mit der Bahn in wenigen Stunden
zu erreichen war, so schlüpfte sie in der ersten Zeit ihrer
Ehe gar manches Mal auf eine Stippvisite zu ihrer Mutter
hinüber.

Herr Krause fand alsdann niemand, der ihm abends
die Pantoffeln brachte und zwei Stunden später das Licht
auslöschte — ein Sybaritentum, dem sich sein an Ent=

behrungen gewöhntes Junggesellenherz nur allzu gern hin=
gab — er fing an, die Besuche seiner Frau mit scheelen
Augen anzusehen, und ging schließlich so weit aus seinem
Phlegma heraus, um sie ihr ganz zu verbieten. — Frau
Käthe war nicht träge im Ersinnen von allerlei Vorwänden,
und da nichts fruchten zu wollen schien, schaffte sie sich
einen kleinen Schnupfen an, der nur durch ein römisches
Bad, wie man es in der Hauptstadt erhielt, beseitigt werden
konnte. — Allein ihr Gatte huldigte in der Therapie der
entgegengesetzten Ansicht. Er erklärte, daß er ein grund=
sätzlicher Feind jeglichen Badens sei und nicht dulden werde,
daß sie ihre Gesundheit gänzlich ruiniere.

Frau Käthe vergoß bittere Thränen, aber sie fügte sich.

Da geschah es, daß ihr Tyrann aufs Land hinaus
mußte, einen Lokaltermin abzuhalten, der voraussichtlich
zwei Tage in Anspruch nahm.

Frau Käthe war rasch entschlossen, die Zeit nutz=
bringend zu verwerten. Kaum war der Wagen ihres Gatten
hinter den Pappeln der Chaussee verschwunden, als sie ihren
Handkoffer packte und zur Bahn hineilte; denn der Zug
kam in der nächsten Viertelstunde vorbei.

Auf dem Perron ging mit Gendarmenschritten Fräulein
Leontine auf und nieder. Der Vogel auf ihrem Hute nickte
verheißungsvoll, und ihre rotgeäderte Nasenspitze hob und
senkte sich leise. Sie hatte die Witterung.

Frau Käthe suchte ihr rasch in ein Coupé zu ent=
schlüpfen, aber sie stürzte ihr nach und klopfte energisch an
das Glasfenster.

„Wohin, meine Teuerste, wohin?“

„Nach der Stadt," erwiderte Frau Käthe mit schuld-bewußtem Erröten und machte sich im Innern des Coupés zu schaffen.

„Was wollen Sie da? Wie?"

„Ein römisches Bad nehmen — ich habe den Schnupfen," erwiderte Frau Käthe, der in der Eile keine neue Notlüge einfiel; doch gleichzeitig besann sie sich auf die Kämpfe, die sie mit ihrem Gatten durchgemacht hatte, und ängstlich fügte sie hinzu: „Aber bitte, sagen Sie niemand etwas davon, mein Mann könnte es erfahren und —"

In diesem Augenblick setzte der Zug sich in Bewegung.

Gedankenvoll schaute Fräulein Leontine ihr nach. „Die kleine Person will immer was Apartes haben," meditierte sie. „Unsereins heilt den Schnupfen, indem er sich eine Flasche Salmiakspiritus unter die Nase hält; sie muß nach der Stadt fahren und — — — was heißt das übrigens, „römisches Bad"? Ich kenne allerhand Bäder, Seebäder, Flußbäder, Eisen-, Salz- und Kamillenbäder, kalte und warme Bäder. Die Rentmeisterin hat ihr Kleines sogar in Rotwein gebadet, obgleich ich das für einen himmel-schreienden Luxus halte, aber ein römisches Bad, ein römisches — — —"

Eine Stunde später zerbrach sich ganz Dablowo den Kopf darüber, welche Art von Bad ein römisches Bad wohl sein möge. In der „Preußischen Krone" gerieten zwei Parteien heftig aneinander, von denen die eine Rom für einen Badeort erklärte, während die andere es bestritt.

Endlich fiel ein Licht in diese Finsternis — und welch ein Licht!

Fräulein Leontine war nach dem Pfarrhof geeilt und hatte ihrer Cousine das merkwürdige Faktum mitgeteilt. Nach längerem Ratschlagen hatte die Pfarrerin sich in das Studierzimmer ihres Mannes begeben, der heute, wie seit 35 Jahren, Präpositionen aus dem Homer heraussiebte.

Leontine legte das Ohr ans Schlüsselloch und lauschte, aber sie hörte nichts weiter, als eine Menge abgerissener Fremdwörter, die sie nicht verstand. Das war man an dem „überstudierten" Pfarrer so gewohnt. Dann vernahm sie, wie er in ein Lachen ausbrach und mit seiner weinerlichen Stimme sagte: „Heute? Warum soll es das heute nicht auch geben? . . . In den großen Städten sind Laster zu Hause, von denen deine Einfalt — Gott möge sie dir erhalten! — sich nichts träumen läßt. Sie gleichen jenem Gomorrha, welches der Herr in seinem Zorn — — —"

Etliche Minuten später kam die Pfarrerin mit einem dicken Buche in der Hand ins Zimmer zurückgestürzt. Ihr Antlitz war bleich vor Schreck und Entsetzen.

„Jesus, Jesus, wer hätte das von dem jungen Wesen gedacht," schrie sie, die Hände faltend.

„Was hat sie gethan? Was hat sie gethan?" rief Leontine, und ihre Augen funkelten.

Darauf setzten die Frauen sich nebeneinander auf dem Sofa nieder, flüsterten, schlugen die Hände über dem Kopf zusammen und studierten eifrig in dem Buche, welches die Pfarrerin aus dem Studierzimmer ihres Mannes mitgebracht hatte. Sodann ließ man sich zur Feier des Tages einen extra starken Kaffee machen und aß Butterzwieback mit Honig dazu, und während man jammernd über die Schlechtig-

keit der Welt zu Gericht saß, leckte man sich vergnüglich den
Honig von den Lippen.

Eine Stunde später nahm Fräulein Leontine das dicke
Buch unter den Arm und machte mit ihm eine Tournee
durch den Ort, von der sie innig befriedigt gegen Mitternacht heimkehrte.

Als Frau Käthe folgenden Tags das Coupé verließ,
sah sie in einem Winkel des Perrons zwei Mägde stehen,
welche kicherten und mit den Fingern auf sie zeigten.

Sie schämte sich und dachte: „das ist die Strafe!"

Eine Weile später sah sie den Rentmeister in seiner
Flausjacke mit seinen langen Schmierstiefeln auf sich zu-
kommen. Ein vierschrötiger, aber gutmütiger Geselle, der
jammervoll unter dem Pantoffel stand.

Als er sie bemerkte, stellte er sich gegen einen Pappel-
baum und wischte sich die Stiefel im Grase des Chaussee-
grabens ab.

„Guten Morgen, Herr Rentmeister," rief sie ihm fröhlich zu.

Er hörte nicht.

„Sind Sie heute blind und taub dazu, Herr Rentmeister?" sagte sie und tippte ihn auf den Arm.

Da drehte er sich um, sah sie von oben bis unten an,
genau so, wie es seine Frau zu machen pflegte, und ging
seiner Wege.

Starr vor Schreck schaute Frau Käthe ihm nach. „Er
muß etwas mit meinem Manne vorgehabt haben," tröstete
sie sich, aber das Wasser stand ihr in den Augen.

Gleich darauf sah sie Fräulein Leontine mit der Wirtin

der „Preußischen Krone" am Fenster stehen und ihr ent=
gegenschauen.

Sie grüßte freundlich und wollte an sie herantreten,
„Guten Tag" zu sagen, aber die beiden Frauen dankten
ihr nicht, sondern drehten ihr langsam und verächtlich den
Rücken zu.

Ganz betäubt schlich sie nach Hause und brach dort in
bittere Thränen aus.

Um Mittagszeit brachte der Hausknecht der „Preußischen
Krone" einen versiegelten Brief, der an ihren Gatten
adressiert war.

Sie hatte nicht übel Lust, ihn zu öffnen, aber sie be=
zwang sich und legte ihn auf seinen Schreibtisch.

Gegen vier Uhr abends kam er heim, müde und staub=
bedeckt. Frau Käthe lag auf dem Sofa und hatte Kopf=
weh. Vor lauter Gewissensbissen wagte sie kaum, ihm einen
Kuß zu geben.

Er öffnete den Brief, und kaum hatte er die ersten
Zeilen gelesen, als er in ein zorniges Grunzen ausbrach.

„Käthe, was hast du angerichtet?" Er stand vor
ihrem Sofa, wie Othello vor dem Bette Desdemonas, kaum
minder schwarz als er.

Da fing sie bitterlich zu schluchzen an und versprach,
es nie wieder thun zu wollen.

„Was?"

„In die Stadt fahren, ohne daß du's weißt."

„Und weiter hast du nichts gethan?"

„Was sollt' ich denn sonst noch gethan haben?"

„Hier lies mal." Er warf ihr den Brief zu. Darin
stand:

„Geehrter Herr!

Dem Wunsche des Herrn Rentmeisters und der anderen Herren vom Préférencetisch folgend, muß ich Sie
zu meinem größten Leidwesen bitten, mich in Zukunft
nicht mehr mit Ihren Besuchen beehren zu wollen. Gleicher-
weise ist es nach dem, was Ihre Frau Gemahlin gethan,
unseren Frauen unmöglich, den Verkehr mit derselben
fortzusetzen.

Achtungsvoll
Der Wirt zur ‚Preußischen Krone‘."

Frau Käthe rang die Hände, der Amtsrichter aber ließ
sich nicht aus der Fassung bringen, er griff nach seiner
Mütze und begab sich direkt in das Gastzimmer.

Dort saßen Wirt und Rentmeister und ein paar andere
Gäste in schwerem Ernste bei einander. — Das dicke Buch,
das dem Studierzimmer des Pfarrers entstammte, lag
mitten unter ihnen.

Der Amtsrichter ließ sich sein Stammseidel geben, als
ob nichts geschehen wäre, setzte sich dem verlegen lächelnden
Rentmeister gerade gegenüber und sagte:

„Du — was für'n verrücktes Zeug hat deine Frau
wieder ausgeheckt?"

„Meine Frau — wie?"

„Was bedeutet denn der Wisch, den mir der Wirt in
deinem Auftrage zugeschickt hat?"

„Du weißt also noch nichts?"

„Ne, — ich weiß gar nischt."

„Nimm mal dieses Buch und lies." — Der Amts=
richter drehte es ein paarmal um seine Achse und fand auf dem
Rücken in Goldpressung die ominösen Worte „A — Blitz=
röhre".

„Wo das Zeichen liegt," sagte der Rentmeister.

„Was hat meine Frau mit —"

„Lies nur!"

Die angemerkte Seite enthielt den Artikel „Bad"; darin
waren mit Bleistift folgende Zeilen unterstrichen: „Schon
die alten Schriftsteller berichten, daß in den römischen
Bädern die Frauen mit den Männern zusammen badeten.
Dadurch wurden sie bald zu Stätten der Unzucht und der
Schwelgerei, in welchen Laster aller Arten heimisch waren.
Besonders seitdem Caracalla? — — —"

„Na ja — und?"

„Und der Pfarrer hat gesagt, daß es da heute noch
genau so zuginge."

„Und — und?"

„Und — ja, erfahren mußt du es doch einmal, armer
Kerl — deine Frau ist gestern in so einem römischen Bade
gewesen." —

Was sich hierauf ereignete, darüber gehen die Nachrich=
ten auseinander. Gewiß ist nur, daß der Band „A — Blitz=
röhre" dem Rentmeister an den Kopf flog, gleich wie ein
Blitz aus gewitterschwangerem Himmel.

Ein halbes Jahr später wurde der Amtsrichter auf
seinen dringenden Wunsch in eine größere Stadt versetzt;
dort soll sich auch seine Abneigung gegen das Baden all=
gemach gelegt haben.

　　　*　　*　　*

Sie lachen, verehrteste Frau. — Ihr Trübsinn ist ver-
scheucht. Was sagen Sie? Ich hätte wider meine eigene
These gesprochen? Sie meinen, weil eine Analogie zwischen
unserem geistigen Niveau hier und dem jenes Nestes unmöglich sei?

O — römische Bäder kennt man hier; aber fragen Sie
nur Herrn Meyer, was „Idealismus", fragen Sie nur
Frau Meyer, was „Entbehren" ist!

———

Sie lächelt.

Sie täuschen mich nicht, liebe Freundin, Sie haben Kummer gehabt. Sagt es mir nicht das Zucken, das um Ihre Mundwinkel spielt? Les' ich es nicht in Ihren geröteten Augen?

Sie haben Chloral genommen, sagen Sie mir. — Das gibt rote Augen, da haben Sie recht. — Aber was brauchen Sie Chloral zu nehmen, Sie, die Sie sich sonst stets Ihres gesunden Schlafes rühmten?

Sie sind erkannt, also zwingen Sie sich lieber nicht, mir ein heiteres Gesicht zu machen.

Man muß sich nicht gehen lassen, sagen Sie. Ist das nun hübsch von Ihnen? Warum werfen Sie einen alten Freund, wie mich, zu dem großen Haufen der Fremden, dem man sich nur im Paradeanzug zeigt? Und nun versuchen Sie gar zu lächeln? Um des Himmels willen, wischen Sie dieses Lächeln fort, es schneidet mir in die Seele! — Sagen Sie mir ja nicht, das wäre ein Lächeln der Selbstbeherrschung, denn das hab' ich schon lange auf dem Strich. —

Fern sei es von mir, mich an dem Heroismus zu
vergreifen, der ein freundlich Gesicht macht, um ein geliebtes Wesen über Schmerz und Elend hinwegzutäuschen,
fern sei es von mir, der Verzweiflung zu spotten, die
nächtlich in die Kissen hineinschluchzt, um der Morgensonne
ein sonniges Antlitz zu zeigen. Wogegen ich mich wende,
das ist die Selbstbeherrschung um der leeren Form willen,
die das Empfinden versteckt, weil es als unhöflich gilt,
Temperament zu haben; die auf Socken einherschleicht, weil
der harte Tritt die Nerven irgend eines Schwächlings verletzen könnte; welche Wonne und Weh, Sehnsucht und Ekel
unter demselben hohlen, nichtssagenden Lächeln versteckt. O,
wie ich dieses Lächeln hasse!

Denken Sie, wir wären in einer großen Gesellschaft
und machten von einem stillen Winkel aus unsere Kultur-
studien. Eine Gestalt nach der anderen zieht vorüber.
Was da aus dem nackten Busen emporsteigt, was sich in
den hohen Halskragen hineinwürgt, sind das Menschen-
gesichter? Nein! Larven sind es, gesellschaftliche Larven,
alle mit derselben glitzernden Wachsschicht eines öden,
seelenlosen Lächelns überzogen, Larven, die man auf der
Treppe vorbindet und wieder ablegt, wenn man unten im
Wagen sitzt.

Und unter diesen Larven nagt der Gram, wühlt der
Aerger, lacht die Liebe, rast die Leidenschaft. So glauben
wir wenigstens. Es sind ja Menschen wie wir, und auch
wir haben die Larve vors Gesicht gebunden, weil's der
„gute Ton" so will.

Da lob' ich mir das Bauernvolk im Hinterwald, im
Hochgebirge. Das prügelt sich, das schimpft sich, das küßt

sich, das sticht mit Messern um sich und ist so roh wie möglich, aber es schluckt nichts in sich hinein und ertötet nichts in seinem Busen; es kann sich ausleben, und das hat seinen großen Vorteil! Wenn es wahr ist, daß das Glück auf der ungestörten Entfaltung der Persönlichkeit beruht, so ist dort der Hochsitz irdischer Glückseligkeit!

Ich weiß wohl, das ist paradox; auch dort ist dafür gesorgt, daß die Bäume nicht in den Himmel wachsen.

Aber dieser fatale gesellschaftliche Schnürleib läßt das Blut in den Adern ebben, bis unser ganzes inneres Leben stagniert und der stolze Strom der Leidenschaft zum parfümierten Sumpfe wird. — Sehen Sie, das ist die Strafe! Das Lächeln der Selbstbeherrschung wird zum Lächeln der Lüge, und diese Lüge zehrt so lange an unserem Wesen, bis nichts mehr an uns ist, um dessen willen es sich zu lügen lohnte, bis alles hohl und schal und eitel ist — — —

Lassen Sie mich Ihnen eine kleine Geschichte erzählen, die Ihnen zeigen wird, woher der wütige Groll stammt, den ich soeben an Ihnen, unschuldiges Lamm und teure Freundin, ausgelassen habe.

Sie wissen, glaub' ich, daß ich früher einmal Lehrer war. Mädchenlehrer? fragen Sie. Mit Vorliebe, Sie Spötterin!

Es sind etwa sechs Jahre her, da erhielt ich den ehrenvollen Ruf, der einzigen Tochter eines angesehenen Finanzmannes — mehrfacher Millionär, glaub' ich — Unterricht zu erteilen. Worin, das war nicht recht ausgemacht, jedenfalls aber sollten Geschichte der Philosophie, Aesthetik, Kunstgeschichte, Mythologie, Litteratur, Stilistik und Rhetorik zu den vorerst in Angriff zu nehmenden Disziplinen gehören.

Sie finden das ein bißchen reichlich, ich fand dasselbe; aber
als ich der gnädigen Frau meine darauf bezüglichen Bedenken aussprach, beruhigte sie mich, indem sie meinte, es
käme nicht so darauf an, den Inhalt dieser Gebiete zu er-
schöpfen, als vielmehr „den Geist des jungen, blumen-
gleichen Geschöpfes zu bereichern". Ich verstand vollkommen. Meine Aufgabe war: praktische Anleitung zum
Geistreichsein.

Die Mutter war, wie Sie hieraus schon ahnen, eine
oberflächliche, kokette Gesellschaftsdame, der Vater ein trockener
Geschäftsmann, die Tochter ein hochmütiges, reserviertes
Goldprinzeßchen, noch ziemlich dürftig an Gestalt, aber bereits vollgestopft mit dem Dünkel und der Unduldsamkeit
der gefeierten Löwin. Anfangs beliebte sie, mich wie eine
Art Bediensteten über die Achsel anzusehen; erst einige
Spöttereien meinerseits — Backfische zähmt man bekanntlich
nur durch Spott — bewogen sie, sich etwas mehr in acht
zu nehmen. Immerhin hatte ich meine liebe Not mit ihr.
Mit Ausnahme des Französischen, das sie schnatterte wie
ein Papagei, hatte sie so gut wie gar nichts gelernt. Und
dazu war sie von einer wahrhaft naiven Trägheit; was ihr
nicht anflog, existierte nicht für sie.

Sie war arm an Gedanken und schien auch arm an
Empfindungen; wenigstens bemerkte ich nicht, daß ihr bleiches, hageres Gesicht den gewöhnlichen Ausdruck der Müdig-
keit und Blasiertheit jemals verlor. Die Erziehungsmethode
der Mutter gipfelte in dem Bestreben, ihrer Tochter ein
liebenswürdiges Lächeln beizubringen.

„Ines, mein Kind, was sollen die düsteren Schatten
auf deiner Stirn? Ines, durch Freundlichkeit gewinnt man

die Neigung der Menschen. Ines, ich wünsche, daß du
lächelst!"

Und Ines zuckte die Achseln und lächelte. Anstatt dem
jungen Wesen Liebe und Lebensfreudigkeit ins Herz zu
gießen, verlangte man nichts weiter, als trügerischen Sonnen-
schein auf seinem Angesicht zu sehen.

Was mich trotz ihrer unangenehmen Seiten zu meiner
Schülerin hinzog, war die vollendete Abgeschlossenheit, in
der sie dahinlebte. — Sie war vereinsamt, vielleicht, ohne
es selber zu wissen, und da mein Glaube, daß alle Fünfzehnjährigen ein reiches Seelenleben führen müssen, nun
einmal feststand, so beschloß ich, ihrem Wesen auf den Grund
zu gehen, um zu erfahren, ob darin nicht manches schlum-
mere, was des Erwachens wert wäre.

Ich wählte ein Gewaltmittel, das mir in ähnlichen
Fällen noch stets geholfen: ich las ihr Heines „Buch der
Lieder" vor.

Daran knüpfte ich etliche Erörterungen über die Liebe
und den „großen Schmerz" im allgemeinen, und siehe da!
mein Mittel wirkte. Ihr Auge begann zu leuchten, ihre
Züge gewannen Leben, und mit hochroten Wangen gestand
sie mir, daß beide, die Liebe wie der große Schmerz, ihr
nicht fremd wären, und daß sie ein Tagebuch führe, in
welches u. s. w.

Nun hatte ich den scheuen Vogel gefangen. Sie gewann Vertrauen zu mir, ja, sie that noch ein Uebriges —
sie verliebte sich in mich. Interessant war es zu beobachten,
wie sie diese ihre Gefühle zu erkennen gab: sie stützte ihr
Gesicht in beide Arme, so daß die Aermel bis über die

Ellenbogen zurückfielen, schlug möglichst langsam die Lider
auf und starrte mich mit verschwommenen Blicken an.
Wenn ich dann verweisend sagte: „Ines, träumen Sie nicht,"
seufzte sie so geräuschvoll wie möglich und las oder schrieb
gemütlich weiter.

Sie lernte nun so fleißig und gab sich so rückhaltlos
meiner Leitung hin, daß ich hoffen durfte, durch meinen
Einfluß die Fehler ihrer verschrobenen Erziehung zu para-
lysieren. Ich lehrte sie, daß die Elenden, die zerlumpt und
barfuß einhergehen, nach denselben Gesetzen denken und
fühlen wie die Fürsten und die Millionäre, und daß man
daher alle Menschen mit gleicher Liebe ins Herz schließen
und niemand verachten müsse. Das war ihr etwas Neues,
Unerhörtes. — Auch gegen die innere Verlogenheit der gesellschaftlichen Formen zog ich zu Felde. Einmal gab ich
ihr ein Aufsatzthema, welches lautete „Das Lächeln". Sie
wußte nicht, was damit anfangen; erst als ich ihr — mit
mehr Wärme, als vielleicht nötig gewesen wäre — meine
Meinung kundgab, da leuchtete es in ihrem Auge auf, als
hätt' ich ihr innerstes Empfinden getroffen. In ihrer Arbeit
fand ich hernach meine Gedanken mit einer Leidenschaftlich-
keit wiedergegeben, die mich in Erstaunen setzte. Die Schluß-
worte darin lauteten: „Das Hohe und Edle im Menschen,
sein Stolz, sein Glück, seine Liebe, alles erstirbt allgemach,
wenn das Lächeln auf seinen Lippen das Lächeln der
Lüge ist."

Das war alles ganz gut und schön, aber — es brach
mir den Hals.

Zwei Tage, nachdem ich Ines den Aufsatz mit dem
Prädikat „Gut" zurückgegeben hatte, erhielt ich einen ein-

geschriebenen Brief, worin die gnädige Frau mir mitteilte, daß sie sich, wegen mangelnder Uebereinstimmung der Ansichten, genötigt sehe, mich zu entlassen.

*   *   *

Jahre waren vergangen. Ich hatte meine Schülerin nicht wiedergesehen, bis mich vor einiger Zeit das Schicksal ganz unverhofft mit ihr zusammenführte. Es war bei einem Diner im Hause des Herrn L . . .

„Kommen Sie, ich will Sie zu Ihrer Dame führen,“ sagte der Hausherr, mich am Arm ergreifend. „Frau Kommerzienrat Z . . ., Sie kennen sie ja.“

„Habe nicht den Vorzug.“

„Ach, Unsinn! Sie sind ja ihr Lehrer gewesen, sie hat’s mir selber erzählt.“

Verwundert horchte ich auf — da sah ich sie auch bereits. Tief in einen Fauteuil zurückgelehnt, spielte sie mit den Elfenbeinstäben ihres Fächers. Eine üppige, schlanke Gestalt — ein volles, bleiches, leider zu stark gepudertes Gesicht, große, schwarze, müde blickende Augen, eine blendende Büste — wahrlich, ein schönes Weib!

Nun wurde sie meiner gewahr. Ein prüfender Blick überflog meine Gestalt, — wahrscheinlich wollte sie sehen, ob der ehemalige Präzeptor inzwischen salonfähig geworden, dann streckte sie mir mit nachlässiger Bewegung die Hand entgegen, und dabei flog über ihr Gesicht ein Lächeln, das sich zu dem der Fünfzehnjährigen verhielt wie das Nordlicht zum Frühlingssonnenschein — ein Lächeln, halb höflich, halb gelangweilt, doch so kalt und trostlos, daß mich ein Frösteln überlief.

Wir wechselten ein paar gleichgültige Worte: Wie ist's
so lang gegangen? und dergleichen, dann kam das Signal
zur Tafel, und ich führte sie auf unsere Plätze.

Sie trank rasch hintereinander ein paar Gläser Rotwein. — Der Ton unseres Gesprächs wurde heiter und
ungezwungen, wie es sich für zwei so alte Bekannte ge-
ziemte. Sie gestand mir nachträglich ihre damalige Liebe
und spöttelte weiblich darüber.

Ich lenkte das Gespräch allgemach auf die Gegenwart.

„Und, gnädige Frau, als alter Freund, der an Ihrem
Geschicke regen Anteil nimmt, darf ich wohl fragen: sind
Sie glücklich?"

„Glücklich? O ja!" Da war das fatale Lächeln
wieder! Wie zwei kleine Schlangen ringelten sich die Fältchen um ihre Mundwinkel.

„Ihr Gatte? Wo ist er? Ich konnte ihm leider nicht
mehr vorgestellt werden."

„Der mir drüben zunickt." Sie erhob ihr Glas und
nickte mehrmals zu einem Herrn hinüber, der am anderen
Ende der Tafel saß. Ein fahles, abgelebtes Gesicht, zwin-
kernde kleine Augen, ein halb ergrauter Spitzbart — ich
wußte genug.

„Und wann haben Sie ihn kennen und lieben lernen?"

„Lieben lernen?" erwiderte sie in eigentümlich ge-
dehntem Tone.

„Will sie dir Konfidenzen machen?" dachte ich in meinem Sinne; sie aber fuhr fort:

„Als mein Gatte um mich warb, war ich über die

thörichten Träume lange hinaus. Ich verschwieg ihm keineswegs, daß ich ihm Liebe nicht zu bieten hätte."

„Und er?"

„Nun — er ging eben drauf ein."

„Das mein' ich nicht. Er liebt Sie doch?"

„O nein!" — — Und sie lächelte. Die Schlänglein spielten.

„Dieses Weib ist elend, namenlos elend;" sagte ich mir.

„Sie sind so höflich, mich ungläubig anzusehen," fuhr sie fort. „Ich täusche mich nicht. Er gab mir selbst die unwiderleglichsten Beweise. Vierzehn Tage nach der Hochzeit — Sie sind ja ein alter Freund, und ich brauche Ihnen nichts zu verschweigen — überraschte ich ihn, als er in meinem Boudoir einer meiner Freundinnen — sie sitzt nicht fern von hier — das Geständnis machte, er habe mich nur geheiratet, um in ihre Nähe zu kommen. Er wird dasselbe vermutlich auch anderen Freundinnen gesagt haben."

„Und was thaten Sie?"

Sie zuckte die Achseln. „Mir ist nichts so widerwärtig, wie ein Skandal. Was konnte ich Besseres thun? Ich lächelte."

In diesem Augenblicke rief eine Dame zu ihr herüber: „Ines, hast du deine Sendung von Worth schon erhalten?"

Sie wandte sich sofort zu der Sprecherin hin und schien ganz bei der Sache.

Ich starrte derweilen halb gedankenlos nach ihrem weißen Halse hin und sah zu, wie der Puder in kleinen Schüppchen sich loslöste und auf Busen und Nacken hinunterstäubte.

Da stieß mich mein Nachbar zur Linken an, ein be-
kannter Spötter und Lebemann, den ich flüchtig kannte.

„Sie sind ein Glückspilz," raunte er mir zu. „Die
schöne Frau Ines macht Ihnen ja Avancen."

„Wie kommen Sie darauf?" erwiderte ich ziemlich unwirsch.

„Nun —, erzählte sie Ihnen nicht die rührende Geschichte von dem Verrate ihres Mannes, vierzehn Tage nach
der Hochzeit? Das thut sie allemal, wenn sie jemand zu
fesseln sucht."

Ich hatte eine scharfe Antwort auf der Zunge; da
drehte sie sich wieder zu mir um und sagte im gleichgültig-
sten Konversationstone:

„Wovon sprachen wir doch eben?"

Und da wir beide nicht darauf kamen, so vertieften
wir uns in ein Gespräch über die Inscenierung des „Richters
von Zalamea" im „Deutschen Theater".

— — — — — — — — — — — — — —

Nach der Tafel zog ich mich in das stille Rauchzimmer
zurück, hüllte mich in die Wolken einer Bock und dachte in
ziemlich trübseliger Stimmung über das eben Gesehene und
Gehörte nach.

Nein, dieses Weib war nicht elend. In ihr war jedes
Gefühl ertötet; verstand sie doch sogar, mit dem eigenen
Unglück zu kokettieren!

Oder irrte ich mich doch? Hatte sie Komödie mit mir
gespielt, um mich über ihren wahren Seelenzustand zu
täuschen?

Es litt mich nicht länger an meinem Platze. Ich warf
die Cigarre fort und kehrte zur Gesellschaft zurück, um sie

zu suchen. — Nirgends eine Spur von ihr; da endlich, wie ich den halbdunklen Wintergarten betrete, seh' ich sie, von einer breitblätterigen Musa beschattet, malerisch in einem Sessel liegen. Sie ist nicht allein! An ihre Schulter lehnt sich vertraulich Paul X..., der gefürchtete Roué; das Faunsgesicht dicht an ihrem Ohr, flüstert er ihr leise eindringliche Worte zu.

Und sie? Sie lächelt.

Der Gänsehirt.

Ich hör' Ihnen schon eine ganze Weile voll Verwunderung zu, mein Freund! Sie zeigen doch sonst — mehr noch als ich selber, das redliche Bemühen, die realen Dinge zu nehmen, wie sie sind. Woher nun plötzlich bei diesen heiklen Betrachtungen über das Gefühlsleben die bedauerliche idealistische Täuschung, der Sie sich hingeben?

Mir scheint, da hat Ihnen Ihre alles nivellierende demokratische Grundstimmung wieder einmal einen bösen Streich gespielt!

Sie behaupten, wenn ich recht verstand, daß in der Empfindungsweise der verschiedenen socialen Klassen ein tiefgreifender Unterschied nicht existiere, während das Leben uns doch tagtäglich das Gegenteil beweist. — O, es wäre ja traumhaft schön, wenn Sie recht hätten! Die Ideale der Gleichheit und Brüderlichkeit, die ich als eingefleischte Aristokratin — Sie wenigstens nennen mich so — für leere Hirngespinste halten muß, würden dann Wirklichkeit werden, oder vielmehr sie wären es schon geworden; denn das bißchen Wissen mehr oder weniger kann doch unmöglich im stande sein, einen organischen Unterschied der menschlichen Naturen zu begründen!

Nein, mein Freund, die Kluft des Empfindens ist es mehr, als alle Unterschiede in Reichtum, Rang und Wissen zusammengenommen, welche die Gebildeten von dem niederen Volke trennt, so sehr, daß beide, ohne Verständnis für des anderen Thun und Treiben, gleichsam wie Bürger verschiedener Welten nebeneinander herwandeln. Wehe dem, der diese Kluft zu überspringen hofft!

Sie glauben mir nicht, Sie schütteln den Kopf? O, mein Lieber, ich spreche aus Erfahrung! Leider, leider! Und wenn ich Ihnen erzählen könnte — doch warum auch nicht? Es dämmert um uns, draußen heult der Novembersturm, und ich feiere heute das Fest meines dreißigsten grauen Haares; Stimmung genug wäre somit vorhanden, um Licht, Frühling und Jugend heraufzubeschwören.

Lassen Sie mich die Augen schließen und hören Sie hübsch artig zu: ich will Ihnen von meiner ersten Liebe erzählen. Wissen Sie, wer meine erste Liebe war? Ein Gänsehirt, ein leibhaftiger Gänsehirt! Ich scherze nicht, ich habe bittere Thränen geweint um des Leides willen, das er mir angethan, und war doch schon längst eine erwachsene und höchst respektable junge Dame.

Freilich damals, als er zuerst mein Herz in Flammen setzte, da befand ich mich noch in jener Periode meines Lebens, in welcher mein höchstes Glücksideal war: barfuß zu gehen. Ich war acht, er etwa zehn Jahre alt, ich war das Töchterlein vom Herrenhause, er der Sohn unseres Schmieds.

Am Morgen, wenn ich mit Mama und dem großen

Bruder auf dem Balkon Kaffee trank, pflegte er mit seinen
Gänsen unten vorbeizuziehen und nach der Heide hin zu
verschwinden. Anfangs glotzte er uns mit naiver Bewunderung an, ohne daß es ihm eingefallen wäre, die Mütze zu
ziehen, und erst seitdem mein Bruder ihm eingeschärft hatte,
es gezieme sich, der Herrschaft einen Morgengruß zu ent-
bieten, schrie er jedesmal, die Mütze in großem Bogen um
sich herumschwenkend, ein gleichsam auswendig gelerntes
„Goode Morche ooch" zu uns empor.

Wenn mein Bruder gerade gut gelaunt war, erhielt
ich die Erlaubnis, ihm als Anerkennung für seine Urbani-
tät eine Semmel hinunter zu tragen, die er mir stets mit
einer gewissen gierigen Angst aus der Hand riß, als wenn
Gefahr vorhanden wäre, daß ich sie noch einmal zurückzöge.

Wie er aussah? Noch steht er lebendig vor mir: die
schlichten, blonden Haare hingen ihm wie ein gelbes Stroh-
dach auf die gebräunten Wangen hernieder, schlau und lustig
guckten die blauen Augen darunter hervor; die zerfetzten
Beinkleider hatte er bis über die Kniee aufgeschlagen, und
in der Hand hielt er eine schlanke Weidengerte, in deren
grüne Rinde er mit kunstgeübter Hand eine spiralige Reihe
weißer Ringe hineingeschnitten hatte.

An diese Gerte heftete sich zuerst meine kindliche Be-
gehrlichkeit. Ich fand es entzückend, ein solches Wunder-
werk, das so ganz anders geartet war, als all' mein Spielzeug, in der Hand zu halten, und wenn ich mir noch aus-
malte, Gänse damit jagen und barfuß gehen zu dürfen, so
war der Gipfel irdischer Glückseligkeit für mich erreicht.

Selbige Gerte war es auch, welche uns menschlich
näher führte. Eines Morgens, als ich, beim Kaffee sitzend,

ihn wieder einmal wohlgemut vorüberziehen sah, konnte ich mein Verlangen nicht länger bezähmen; ich klappte die Honigsemmel, an der ich aß, heimlich zusammen und empfahl mich eilends, um ihm nachzulaufen.

Als er mich kommen sah, machte er Halt und schaute mir verwundert entgegen; aber als er die Honigsemmel in meiner Hand erblickte, leuchtete sein Auge verständnisinnig auf.

„Willst du mir deine Gerte geben?" fragte ich.

„Nä, warum?" fragte er zurück, indem er sich auf ein Bein stellte und mit dem freien Fuße dessen Wade rieb.

„Weil ich will!" erwiderte ich trotzig und fügte ein wenig milder hinzu: „Ich geb' dir auch meine Honigsemmel."

Er ließ den Blick verlangend auf dem Leckerbissen ruhen, meinte aber schließlich: „Nä, ich muß damit die Gäns' hüten. Aber ich werd' dir eben so 'ne machen."

„Kannst du das selber?" fragte ich voll Bewunderung.

„Ach, das is gar nischt," lachte er wegwerfend, „ich kann auch Flöten machen und tanzende Männer."

Ich war so gänzlich hingerissen hiervon, daß ich ihm ohne weitere Umstände die Honigsemmel übergab. Er biß herzhaft hinein und trieb, ohne mich weiter eines Blickes zu würdigen, sein gefiedertes Volk von hinnen.

Mit neiderfülltem Herzen schaute ich ihm nach. Er durfte Gänse hüten, ich aber mußte hinauf zu Mademoiselle, französische Vokabeln lernen. Ja, das Glück ist ungerecht verteilt auf dieser Welt, dachte ich mir.

Am Abend brachte er mir die versprochene Gerte, die noch schöner war, als ich mir in meinen kühnsten Träumen ausgemalt hatte. Sie hatte nicht allein die weißen Ringe

aufzuweisen, die mich an ihrem Vorbild so sehr entzückten,
sie trug auch noch an ihrem dicken Ende einen kugelrunden
Knopf, auf welchem durch zwei Punkte, einen Längs- und
einen Querstrich ein menschliches Antlitz — ob meines oder
seines, das konnte ich nicht enträtseln — abgebildet war.
O, ich Glückliche!

Seitdem waren wir Freunde. Ich teilte mit ihm die
Leckerbissen, die mir, dem Nesthäkchen, von allen Seiten in
den Schoß fielen; er widmete mir dafür die Kunstwerke,
die seine flinken Finger geschaffen: Flöten, Kästchen, Häuser,
Puppengeräte und vor allem seine berühmten „tanzenden
Männer", mit denen ich alsbald der Schrecken sämtlicher
Hausgenossen wurde.

Hinter dem Gänsestalle fand unser allabendliches Rendezvous statt, bei dem wir unsere Gaben austauschten. Den
ganzen Tag über freute ich mich darauf und beschäftigte
mich in Gedanken mit meinem jungen Helden. Ich sah ihn
auf der sonnigen Heide im Grase liegen und seine Flöten
blasen, während ich mich mit scheußlichen Vokabeln abmar-
terte, und immer stärker und stärker wurde die Sehnsucht
in mir, jenes Glückes, das sich Gänsehüten nennt, teilhaf-
tig zu werden.

Als ich ihm von meinen Gefühlen Kunde gab, lachte
er laut auf und sagte:

„Warum kommst nicht mit?"

Das gab den Ausschlag, und ohne weiteres Besinnen
erwiderte ich: „Morgen komm' ich!"

„Aber vergiß auch nicht, zu essen mitzubringen," er-
mahnte mich mein Freund. — — —

Das Glück war mir günstig. Mademoiselle hatte ge-

rabe zur rechten Zeit ihre Migräne bekommen und ließ die
Stunde absagen. Fiebernd vor Freude und Angst saß ich
am Kaffeetische und wartete, bis er vorüberkäme. Meine
Taschen waren vollgepfropft mit Naschwerk aller Art, das
ich mir von der „Mamsell“ zusammengebettelt hatte, und
neben mir lag die Gerte, die ich heute in treuer Pflicht=
erfüllung zu schwingen gedachte.

Da kam er angezogen! Pfiffig blinzelten seine Augen
mir zu, während er sein „Goode Morche ooch“ zu uns
heraufbrüllte, und sobald ich mich ohne Aufsehen entfernen
konnte, war ich hinter ihm her.

„Was hast du mit?“ war seine erste Frage. „Zwei
Pfefferkuchen, drei Butterschnitten mit Cervelatwurst, eine
Sardellensemmel und ein Stück Stachelbeertorte,“ sagte ich,
indem ich meine Herrlichkeiten auskramte. Er begann so=
fort zu essen, während ich stolz, mit mühsam unterdrücktem
Jubel, die Gänse vor uns hertrieb.

Von dem Föhrenwalde, dessen vorderer Teil mir von
meinen Spaziergängen her noch einigermaßen vertraut war,
gerieten wir in immer unbekanntere Regionen. Krüppel=
haftes Unterholz erhob sich zu beiden Seiten des Weges,
ein unheimliches Dickicht bildend, bis plötzlich die weite,
endlose Heide sich vor meinen Blicken aufthat.

Ach, war das schön, war das schön! Soweit das
Auge reichte — ein Meer von Gras und bunten Blumen!
Wie erstarrte Wellen zogen sich rasenbewachsene Maulwurfs=
hügel in langen Reihen dahin. Die heiße Luft zitterte.
Sie tanzte gleichsam auf der luftigen Heide. Summende
Bienen machten die Musik dazu, und hoch am dunkelblauen
Himmel stand die goldene Sonne.

Am Waldesrande lag ein Sumpf mit kleinen Tümpeln, in welchen ein graugelbes, dickliches Wasser schimmerte.

Entenflott schwamm darauf, und ringsum in dem Erdreich, welches so feucht war, daß große Wasserblasen zwischen den Gräsern hervorquollen, waren Tausende von zarten Gänsefußspuren zu sehen, so daß das ganze Terrain einem in Facetten gemusterten Teppich ähnelte.

Hier war das Paradies der Herde. Hier machten wir Halt, und während die Gänse sich behaglich in den Tümpeln sielten, jagten wir uns jubelnd auf der Heide herum, fingen gelbe Schmetterlinge und pflückten blaue Beeren.

Dann spielten wir Mann und Frau. „Elise," die zahmste der Gänse war unser Kind. Wir hatten das arme Tier schon beinahe zu Schanden geküßt und geprügelt, als es ihm nach unerhörten Anstrengungen gelang, sich aus unseren Händen zu befreien. — Hierauf bereitete ich meinem Gatten das Essen. Ich band meine weiße Schürze ab, legte sie als Tischtuch über den Rasen und gruppierte darauf die Reste der mitgebrachten Speisen. Er setzte sich gravitätisch davor nieder, und ich für mein Teil geriet vor Freude schier aus dem Häuschen, als ich sah, mit welcher Geschwindigkeit er eins nach dem anderen vertilgte.

Die Stunden verrannen wie im Traum. Höher und höher stieg die Sonne, bis ihre glühenden Strahlen senkrecht auf uns herniederbrannten. In meinem Kopfe begann es zu rumoren, ein dumpfes Gefühl der Ermattung bemächtigte sich meiner. Auch verspürte ich erkleklichen Hunger, aber mein Gatte hatte schon alles aufgegessen. Mein Gaumen war trocken, meine Lippen fieberten. Um sie zu kühlen, pflückte ich die feuchten Gräser ab und preßte sie gegen meinen Mund.

Plötzlich ertönte über den Wald her aus weiter, weiter Ferne Glockengeläute. Ich wußte wohl, was es bedeute. Es war das Mittagssignal, welches auch mich zu Tische rief. Und wenn man mich vermißte — o Gott, was würde nun aus mir werden!

Ich warf mich auf den Rasen und fing bitterlich zu schluchzen an, während mein Gefährte, in der Absicht, mich zu trösten, mir mit seinen rauhen Händen über Gesicht und Nacken fuhr.

Plötzlich sprang ich auf und jagte, wie von Furien gepeitscht, dem Walde zu. Wohl zwei Stunden irrte ich weinend in dem Dickicht umher, dann vernahm ich Stimmen, die meinen Namen riefen, und zwei Minuten später lag ich in meines Bruders Armen.

Am nächsten Morgen erschien mein armer Freund als Ver= und Entführer vor dem hochnotpeinlichen Tribunal seiner Gutsherrschaft. Er schien es als selbstverständlich zu betrachten, daß er als Prügeljunge zu figurieren habe, machte nicht den mindesten Versuch, die volle Schuld von sich ab= zuwälzen, und nahm die Züchtigung, die ihm mein Bruder applizierte, mit größter Seelenruhe in Empfang. Dann scheuerte er wehmütig lächelnd den schmerzenden Rücken an dem Pfosten der Veranda und suchte schleunigst das Weite, während ich mich laut schluchzend am Erdboden wälzte.

Seit diesem Tage liebte ich ihn. Ich ersann tausend Schliche und Ränke, um heimlich mit ihm' zusammenzu= kommen, ich naschte wie eine Elster, damit er sich an den

Früchten meines Diebstahls erlaben könne, ich erdrückte ihn fast unter dem Schwall meiner Zärtlichkeiten, mit denen ich jene fürchterlichen Reitpeitschenhiebe ungeschehen zu machen suchte.

Er ließ meine Liebe ruhig über sich ergehen und vergalt sie mir durch rührende Anhänglichkeit und einen gesunden Appetit.

Ein halbes Jahr später trennte uns das Schicksal.

Meiner armen Mama, die sich schon lange leidend gefühlt hatte, wurde von den Aerzten die Uebersiedelung nach dem Süden anempfohlen. Sie legte das Gut gänzlich in meines Bruders Hände und zog nach der Riviera. Ich begleitete sie.

*   *   *

Neun Jahre sollten vergehen, ehe ich in meine Heimat zurückkehrte. Trauriger, als ich je geahnt hätte, war das Wiedersehen. In Berlin, wo ich seit dem Tode meiner Mutter lebte, hatte ein tückisches Nervenfieber mich ereilt, das mich für viele Wochen auf das Krankenlager warf. Zwar hatte ärztliche Kunst mich dem Tode abgerungen, aber aus dem blühenden jungen Mädchen war ein bleicher, kraftloser Schatten geworden. Mein Arzt verordnete mir zur Stärkung Landluft und Fichtennadelbäder, und so wurde ich denn auf die Eisenbahn gepackt und nach meines Bruders Gut transportiert.

Ich muß einen ziemlich bejammernswerten Anblick geboten haben; denn als ich daheim aus dem Wagen gehoben wurde, sah ich in den Augen der alten Instleute die hellen Thränen stehen.

Es ist ein eigentümliches Gefühl, sich nach langen Irrfahrten wieder einmal in der Heimat zu wissen, und zumal, wenn man so schwere Leidenszeiten überstanden hat. Eine seltsame Weichheit des Empfindens übermannt das Gemüt, man versucht auszulöschen für immerdar, was die fremde Welt einem geboten an Lust und Leid, man versucht aufs neue Kind zu werden und lang verschollenen Zauber aus dem Grabe heraufzubeschwören.

Während ich im Lehnstuhl lag und den matten Blick über die Fluren der Heimat schweifen ließ, wurde ein Schatten nach dem anderen wieder lebendig, und als erster in der bunten Schar stand — mein lieber, blondköpfiger Gänsehirt.

„Was mag aus ihm geworden sein?" — Ich fragte meinen Bruder und erhielt die freudige Nachricht, daß er zu einem schmucken, tüchtigen Burschen herangewachsen sei und seinen alten Vater, den Schmied, schon wacker ersetzen könne.

Ich fühlte, wie das Herz mir klopfte. Wohl versuchte ich, mich ob meiner Thorheit auszuschelten, aber es wollte mir nur schlecht gelingen. Die alten, lieben Erinnerungen ließen sich nicht abweisen; schließlich gab ich mich willig darein und malte mir das Bild des Wiedersehens mit aller Farbenpracht märchenhafter Romantik.

Wenige Tage nach meiner Ankunft durfte ich meine erste Spazierfahrt machen, d. h. ich wurde in einen Wagen gehoben und draußen im Walde an einem lauschigen Plätzchen in das weiche Moos gelegt.

Ich hatte mir die Stelle wohlweislich ausgesucht. Sie

bot die Aussicht auf die Schmiede, in welcher der Gespiele meiner Jugend hauste.

Mein Bruder wollte bei mir bleiben, aber ich bat ihn dringend, sich in seinen Geschäften nicht stören zu lassen; denn das kleine Mädchen, das mich zu meiner Bedienung begleitete, reichte vollkommen aus, um mich vor Ueberfällen zu schützen.

Wer sollte auch hier im frieblichen Heimatswalde über mich herfallen?

So fuhr er denn mit dem Kutscher zum Gute zurück, nachdem er versprochen, mich innerhalb zweier Stunden abzuholen.

Dann schickte ich sogar auch meine kleine Begleiterin fort. Sie dürfe sich Erdbeeren suchen, möge aber in meiner Nähe bleiben. Jubelnd sprang sie von bannen.

Ich war allein. Gott sei Dank! Nun konnt' ich träumen nach Herzenslust. Die Föhren rauschten über mir, und von der Schmiede erscholl das dumpfe Dröhnen des Hammers. Hellauf blitzte das Feuer der Esse, und von Zeit zu Zeit glitt eine dunkle Gestalt daran vorüber. Das mußte er sein.

Ich konnte nicht müde werden, den Bewegungen seiner Arme zu folgen. Ich bewunderte seine Kraft und zitterte für ihn, wenn rings um seinen Leib die glühenden Eisen= splitter spritzten.

Die Stunden vergingen. Mitten in meinen träume= rischen Beobachtungen überraschte mich mein Bruder, der mich abzuholen kam.

„Nun ist die Zeit dir lang geworden?“ fragte er scherzend.

Ich schüttelte lächelnd den Kopf und versuchte, mich ein wenig zu erheben, aber kraftlos sank ich wieder zurück.

„Hm, hm," sagte er nachdenklich, „ich habe den Kutscher zu Hause gelassen, weil ich glaubte, dich allein in den Wagen tragen zu können, aber der Sitz ist hoch, und ohne dir wehe zu thun, würd' ich dich wohl kaum hinaufspedieren. — Du, Grete," wandte er sich zu dem Mädchen, das sich beim Nahen des Wagens schleunigst wieder eingefunden hatte, „lauf mal zum Schmied — dem jungen, du weißt, — und sag' ihm, er möge mir helfen kommen."

Damit warf er eine Kupfermünze auf die Erde, welche die Kleine freudestrahlend aufraffte, ehe sie von dannen lief.

Ich fühlte, wie mir das Blut heiß in die Wangen stieg. Ich sollte ihn wiedersehen — hier auf der Stelle — er sollte Samariterdienst an mir verrichten! Die Hand auf das hochklopfende Herz gepreßt, saß ich und wartete, bis — bis — — —

Ja, das ist er! Wie stark, wie schön ist er geworden! Blondes, buschiges Haar umweht das rauchgeschwärzte Antlitz, und um das kräftige Kinn rankt sich ein üppig sprossender weicher Flaum. So muß Jung-Siegfried ausgesehen haben, als er beim bösen Mime in der Lehre war.

Linkisch greift er nach seiner kleinen Mütze, die ihm so keck im Nacken sitzt, ich aber reiche ihm lächelnd die Hand und frage: „Wie geht's?"

„Wie soll's gehen? Gut!" erwidert er mit verlegenem Lachen und wischt die berußten Finger umständlich an seinem Schurzfell ab, ehe er in meine dargebotene Rechte einschlägt.

„Hilf mir das gnädige Fräulein in den Wagen heben," sagt mein Bruder.

Er wischt sich die Hände noch einmal und faßt mich
dann — nicht eben sanft — unter die Achseln, mein Bruder
hebt meine Füße, und im nächsten Augenblicke liege ich in
den Polstern des Wagens.

„Danke, danke!" sag' ich und nick' ihm lächelnd zu.

Er steht an dem Wagenschlage, dreht die Mütze verlegen in der Hand und sieht bald mich, bald meinen Bruder
mit ungewissen Blicken an.

Er hat noch etwas auf dem Herzen, sag' ich mir. Wie
könnt's auch anders sein? Bei meinem Anblick sind alte
Erinnerungen in ihm erwacht, — er will mit dir reden von
den glückseligen Zeiten, da wir in Kinderunschuld zusammen
Gänse hüteten. Ah — er traut sich's nicht — die Gegenwart seines Herrn — man muß ihm ein wenig zu Hilfe
kommen.

„Nun, woran denken Sie noch?" sag' ich, indem ich
ihm so recht freundlich und ermutigend in die Augen schaue.

Mein Bruder, der sich mit den Pferden beschäftigt hat,
kehrt sich darauf hin um und sieht ihm ins Gesicht.

„Ach so! Du willst dein Trinkgeld!" sagt er und
greift in die Tasche.

Mir ist, als habe mir jemand einen Peitschenhieb versetzt. „Um Gotteswillen, Max!" stammle ich und fühle
dabei, wie es mich heiß und kalt überläuft.

Mein Bruder aber hört mich nicht und reicht ihm —
wahrhaftig, er wagt's! — und reicht ihm ein Marktstück.

Schon seh' ich's lebendig, wie mein Jugendfreund ihm
die Münze ins Gesicht schleudert, ich raffe mich mit Gewalt
empor und strecke die Hände aus, um allem Unheil vorzu-
beugen — aber was ist das? — Nein, es ist nicht möglich,

und doch, doch seh' ich's mit diesen meinen Augen: er nimmt das Geldstück — er sagt: „Danke schön" — er verbeugt sich — er 'geht! — — —

Und ich? Ich starr' ihm nach wie einem bösen Gespenste, dann sink' ich matt aufseufzend in die Polster zurück.

So, mein Freund, hab' ich Abschied genommen von meinem Jugendtraum.

Des Hausfreunds Sylvesterbeichte.

Gott sei Dank, verehrteste Frau, daß ich wieder in Ruhe in meinem Plaudersessel bei Ihnen sitzen kann. Der Festtrubel ist vorbei, und Sie haben wieder ein wenig Muße für mich.

O diese Weihnachtszeit! Ich glaube, ein böser Dämon hat sie extra deshalb erfunden, um uns Junggesellen zu ärgern und uns die Wüstenei unserer heimatlosen Existenz in ihrer ganzen Oede vor Augen zu führen. Denn was anderen eine Quelle des Jubels ist, wird uns zur Qual. — Gewiß, gewiß, wir sind ja nicht alle einsam — auch uns blüht meistens jenes Glück des Beglückens, auf dem das Geheimnis der Feststimmung beruht, aber die reine Freude des Mitgenießens wird uns vergällt, teils durch eine Dosis Selbstironie, teils durch jene säuerliche Sehnsucht, die ich im Gegensatz zum Heimweh das „Eheweh" nennen möchte.

Warum ich nicht gekommen bin, Ihnen mein Herz aus-zuschütten? fragen Sie mich, Sie mitleidige Seele, Sie, die Sie Trost in demselben reichen Maße spenden, wie andere Ihres Geschlechtes niedliche Bosheiten. Ja, aber die Sache

hat ihren Haken. Wissen Sie nicht, was Speidel in seiner
reizenden Plauderei „Einsame Spatzen" sagt, die Sie mir
in richtiger Ahnung meines Seelenzustandes am dritten Feier-
tage zuschickten? „Der echte Junggeselle," sagt er, „will
nicht getröstet sein, er will, einmal unglücklich, auch den
Genuß seines Unglücks haben."

Neben dem „einsamen Spatz," den Speidel schildert,
gibt es noch eine Spezies des Hagestolzentumes, den „Hausfreund". Ich meine nicht jenen gewerbsmäßigen Familien-
verderber, dem der gleißende Wurm im Auge lauert, derweil
er sich's am gastlichen Herde bequem macht; ich meine den
guten Onkel, den ehemaligen Schulkameraden Papas, ihn,
der das Baby auf den Knieen schaukelt, während er Mama
das Zeitungsfeuilleton mit Auslassung indecenter Stellen
sittsamlich vorliest.

Ich kenne Männer, die ihr ganzes Leben in dem
Dienste einer Familie aufgehen lassen, deren Freundschaft
ihnen zu teil ward, Männer, die wunschlos an der Seite
einer schönen Frau daherwandeln, die sie heimlich vergöttern.

Sie zweifeln? Ah so, das Wort „wunschlos" ist's,
woran Sie Anstoß nehmen. Sie mögen nicht unrecht haben.
In den Tiefen jedes, auch des zahmsten Herzens liegt wohl
ein wilder Wunsch, aber — wohlverstanden — er liegt in
Ketten.

Da möchte ich Ihnen zum Exempel von einem Zwiegespräch erzählen, das vorgestern am Sylvesterabend zwischen
zwei alten, uralten Herren geführt worden ist. Woher ich
die Kunde davon nahm, das lassen Sie mein Geheimnis
bleiben, und, bitte, erzählen Sie's auch nicht weiter. Also
ich darf beginnen?

Denken Sie sich als Scenerie ein hohes, altväterisch möbliertes Zimmer, trübselig erhellt durch eine grünbeschirmte, impertinent blanke Hängelampe, wie sie unsere Eltern vor der Petroleum-Aera in Gebrauch hatten. Der Lichtkegel, der von der Flamme ausgeht, fällt auf einen runden, weißgedeckten Tisch, auf dem die Ingredienzien einer Neujahrsbowle stehen, während sich genau im Mittelpunkte einige niedergesickerte Oeltropfen breit machen.

Halb schon im Schattenreiche des grünen Schirmes saßen meine beiden alten Herren, vermorschte Ruinen aus längst vergangener Zeit, beide zittrig in sich zusammengesunken, beide aus trüben Augen mit dem stumpfen Blick des Alters vor sich hinstarrend. Der eine, der Hausherr, ein alter Militär, wie Sie an seiner straff geschnürten Halsbinde, dem spitzigen, halb ausrasierten Schnurrbart und den martialisch gerunzelten Augenbrauen auf den ersten Blick erkannt hätten, hielt das Steuer des Rollstuhls, in dem er lauerte, wie einen Krückstock in beiden Händen. Nichts regte sich an ihm, wie die Kinnbacken, die mit der Bewegung des Kauens unaufhörlich auf und nieder klappten. Der andere, der neben ihm auf dem Sofa saß, eine hohe, hagere Gestalt, auf dessen schmalen Schultern ein eckiger, breit gestirnter Denkerschädel thronte, sog spärliche Rauchwölkchen aus einer im Ausgehen begriffenen langen Pfeife. In den tausend Fältchen seines glatten, ausgetrockneten Gesichtes, das ein Kranz schneeweißer Locken umrahmte, barg sich ein stilles, weiches Lächeln, wie es nur der Friede der Entsagung dem Greisenantlitz aufprägt.

Beide schwiegen. In der lautlosen Stille vermischte sich das leise Brodeln des verbrennenden Oeles mit dem leisen Brodeln des Tabaksaftes. Da begann im dunkeln Hintergrunde die Wanduhr mit heiserem Schnurren die elfte Stunde anzumelden.

„Das ist die Zeit, in welcher sie die Bowle zu brauen pflegte," sagte der Mann mit dem Denkerkopfe. Seine Stimme klang weich und zitterte ein wenig.

„Ja, das ist die Zeit," wiederholte der andere. Der Ton seiner Worte war herb, als halle das Schnarren des Kommandos darin wieder.

„Ich hätte nicht gedacht, daß es so traurig wäre ohne sie," fuhr jener fort.

Der Hausherr nickte und rauchte weiter.

„Sie hat uns vierundvierzigmal die Neujahrsbowle gemacht," begann der andere aufs neue.

„Ja, so lange ist's her, daß ich hier in Berlin wohne und du als Hausfreund bei uns verkehrst," sagte der alte Soldat.

„Im vorigen Jahr um diese Zeit," fuhr der andere fort, „waren wir noch so fröhlich beisammen. Sie saß dort im Lehnstuhl und strickte Socken für Pauls Aeltesten und beeilte sich sehr, denn sie müsse noch bis zwölf Uhr fertig werden, sagte sie. Und sie ward's auch. Und dann tranken wir und sprachen ganz gemütlich vom Tode. Und zwei Monate später wurde sie richtig hinausgetragen. — Du weißt, ich hab' ein dickes Buch über die Unsterblichkeit der Idee geschrieben — hast's nie leiden mögen — ich kann's auch nicht mehr leiden, seit deine Frau tot ist. Mir ist die ganze Weltidee keinen Pfifferling mehr wert."

„Ja, sie war eine gute Frau," sagte der Gatte der Verstorbenen, „sie hat redlich für mich gesorgt, und wenn

ich morgens um fünf Uhr zum Dienst 'raus mußte, ist sie
stets noch vor mir aufgestanden und hat gesehen, daß der
Kaffee gut war. Freilich, ihre Fehler hatte sie ja auch!
Wenn sie mal mit dir ins Philosophieren kam — na!"

„Du hast sie eben nie verstanden," murmelte der andere.
Um seine Mundwinkel zuckte es wie verhaltener Groll; aber
der Blick, den er lange auf dem Freunde ruhen ließ, war
sanft und traurig, als wohne in seiner Seele geheimes
Schuldbewußtsein.

Nach einer Weile des Schweigens begann er:

„Du, Franz, ich muß dir etwas erzählen, etwas das
mich schon lange wurmt, und das ich unmöglich ins Grab
hinübernehmen kann."

„Na, schieß los," sagte der Hausherr und ergriff die
lange Pfeife, die sich an seinen Rollstuhl lehnte.

„Es hat sich einmal — zwischen mir und deiner Frau
was — zugetragen."

Der Hausherr ließ die Pfeife wieder fallen und starrte
den Freund mit weitgeöffneten Augen an.

„Mach' keine Witze, Doktor," sagte er dann.

„Es ist mein bitterer Ernst, Franz," erwiderte dieser,
„ich hab's mehr denn vierzig Jahre mit mir herumgetragen,
aber nun ist's endlich Zeit, daß ich mit dir ins reine
komme."

„Willst du etwa sagen, daß die Tote mich betrogen
hat?" rief jener ergrimmt.

„Schäme dich, Franz," sagte der Hausfreund mit seinem
milden, wehmütigen Lächeln.

Der alte Soldat brummte ein Weniges vor sich hin
und steckte dann seine Pfeife in Brand.

„Nein, sie war rein, wie der Engel Gottes," fuhr jener fort. „Die Schuldigen sind du und ich. Hör' mich an. Das sind nun dreiundvierzig Jahre: du warst eben als Hauptmann zu uns nach Berlin kommandiert worden, und ich dozierte an der Universität. Daß du dazumal ein toller Vogel warst, das weißt du."

„Hm," sagte der Hausherr und erhob die zitternde Greisenhand, um seinen spitzigen Schnurrbart zu drehen.

„Da war eine schöne Schauspielerin mit großen schwarzen Augen und kleinen weißen Zähnen — weißt du noch?"

„Ob ich weiß. Bianka hieß sie," erwiderte jener, indem ein welkes Lächeln über sein verwittertes Lebemannsgesicht hinzog. „Mit den kleinen weißen Zähnen konnte sie beißen, beißen, sage ich dir!"

„Du hintergingst deine Frau, und sie ahnte es. Aber sie schwieg und duldete für sich allein. Du merktest nichts davon, aber ich that's. Sie war das erste Weib, das ich seit meiner Mutter Tode kennen gelernt hatte. Wie ein leuchtendes Gestirn war sie in mein Leben getreten, wie zu einem leuchtenden Gestirne schaute ich zu ihr empor. Ich gewann den Mut, sie nach ihrem Kummer zu fragen. Sie lächelte und meinte, sie fühle sich noch körperlich leidend, denn, besinne dich, dein Paul war kurz vorher geboren worden. — So kam der Sylvesterabend heran — heute vor dreiundvierzig Jahren. — Ich hatte mich gegen acht Uhr eingefunden, wie gewöhnlich. Sie saß und stickte, und ich las ihr vor, während wir auf dich warteten. — Eine Stunde verging nach der anderen. — Du kamst nicht. Ich sah, wie sie unruhig wurde und zu zittern begann, und ich zitterte mit ihr. Ich mußte wohl, wo du stecktest, und fürchtete, du könntest

in den Armen jenes Weibes die zwölfte Stunde vergessen,
die jetzt näher und näher rückte. Sie hatte zu sticken, ich
hatte zu lesen aufgehört, ein fürchterliches Schweigen lastete
auf uns. Da sah ich, wie eine Thräne sich langsam unter
ihren Wimpern hervorstahl und auf die Stickerei niederfiel.
Ich sprang auf und wollte hinaus, um dich zu holen. Ich
fühlte mich im stande, dich mit Gewalt von der Seite
jenes Weibes zu reißen. Doch in demselben Augenblicke
fuhr auch sie von ihrem Platze empor, demselben Platze, auf
dem ich jetzt sitze."

„Wo wollen Sie hin?" rief sie. Unsägliche Angst
malte sich in ihren Zügen. „Franz herbeischaffen," sagte
ich. Da schrie sie laut auf: „Um Gotteswillen, bleiben
Sie wenigstens bei mir, verlassen Sie mich nicht."

„Und sie stürzte auf mich zu, legte ihre Hände auf meine
Schulter und verbarg das thränennasse Angesicht an meiner
Brust. Ich bebte am ganzen Leibe, denn noch nie hatte
ein Weib so nahe an mir gestanden. Aber ich bezwang
mich und sprach tröstend auf sie ein, — und sie war ja
des Trostes so bedürftig. — Bald darauf trafst du ein.
Du sahst nichts von meiner Verwirrung, deine Wangen
brannten, in deinen Augen lag eine liebestrunkene Müdig-
keit. — Sieh, seit jenem Sylvester war eine Wandlung in
mir vorgegangen, die mich erschreckte. Seitdem ich ihre
weichen Arme an meinem Halse gefühlt, seitdem ich den
Duft ihres Haares eingesogen, war das Gestirn vom Himmel
gefallen, und an seiner Stelle stand vor meinem verzehrenden
Blicke, schön und liebeatmend — das Weib. Ich schalt mich
einen Schurken, einen Betrüger, und um mich vor meinem
Gewissen halbwegs wieder zu sühnen, ging ich ans Werk,

dich von deiner Geliebten zu trennen. Glücklicherweise hatte ich einiges Vermögen. Sie war mit der Abfindungssumme zufrieden, die ich ihr bot, und —"

„Alle Wetter," fuhr der alte Freund überrascht dazwischen, „also du bist schuld daran, daß Bianka mir jenen rührenden Abschiedsbrief schrieb, worin sie erklärte, sie müsse mit brechendem Herzen auf meine Liebe verzichten?"

„Ja, ich bin schuld daran," sagte der Hausfreund, „aber höre weiter. Ich hatte geglaubt, mir mit dem Gelde meine Ruhe erkaufen zu können, aber dem war nicht so. Immer ärger wühlten die wilden Gedanken mir im Gehirn. Ich vergrub mich in meine Arbeiten — es war das die Zeit, in welcher ich den Grundgedanken zu meiner „Unsterblichkeit der Idee" konzipierte, aber alles das verhalf mir nicht zum Frieden. — Und so verging ein ganzes Jahr, und der Sylvesterabend kam aufs neue heran. Wiederum saß ich mit ihr an diesem Platze. Du warst diesmal zwar zu Hause, aber du lagst schlafend auf dem Sofa im Nebenzimmer. Ein lustiges Diner in eurem Kasino hatte dich müde gemacht. Und wie ich so neben ihr saß und mein Auge auf ihrem blassen Angesichte ruhen ließ, da übermannte mich die Erinnerung mit unbesiegbarer Gewalt. Noch ein einzig Mal wollte ich ihr Haupt an meinem Halse fühlen, noch einmal wollte ich sie küssen und dann untergehen. Unsere Blicke trafen sich für einen Augenblick; mir war's, als leuchtete in ihrem Auge ein heimliches Verständnis auf. Da hielt ich mich nicht länger, ich stürzte ihr zu Füßen und verbarg mein brennendes Gesicht in ihrem Schoße.

„Wohl zwei Sekunden mochte ich regungslos dagelegen haben, da fühlte ich, wie ihre Hand sich kühl auf meinen

Scheitel legte, und hörte, wie ihre Stimme weich und sanft
die Worte sprach:

„Brav sein, lieber Freund!"

„Ja, brav sein! Nicht den Mann betrügen, der so ver-
trauend im Nebenzimmer schläft! Ich sprang auf und
schaute mit verstörten Blicken um mich. Da nahm sie ein
Buch vom Tische und reichte es mir hin. Ich verstand sie
wohl, schlug die erste beste Seite auf und las ihr vor.
Was ich gelesen habe, weiß ich nicht, die Buchstaben tanzten
mir vor den Augen; aber allgemach legte sich der Sturm
meiner Seele, und als es zwölfe schlug, und du mit ver-
schlafenen Augen zur Gratulation hereinkamst, da war's
mir, als liege jener sündige Augenblick weit, weit weg in
einer längst verflossenen Zeit.

„Seit diesem Tage wurde ich wieder ruhiger, ich wußte
ja, daß sie mich nicht wieder liebe, und daß ich nichts als
Mitleid von ihr zu hoffen habe. Die Jahre vergingen,
deine Kinder wuchsen heran und verheirateten sich, wir
dreie wurden alt. Du ließest die dummen Streiche, schicktest
die fremden Weiber zum Teufel und lebtest nur der einen,
wie auch ich. Daß ich aufgehört hätte, sie zu lieben, das
ist wohl unmöglich, aber meine Liebe nahm andere Formen
an, sie streifte die irdischen Wünsche ab und ward zur Geistes-
gemeinschaft. Du hast oft gelacht, wenn du uns philosophieren hörtest. Hättest du aber geahnt, wie meine Seele
dann mit ihrer in eins zusammenfloß, du wärest sehr eifer-
süchtig geworden. Und nun ist sie tot, vielleicht sind wir zweie
ihr bis zum nächsten Sylvester nachgefolgt; daher ist's hohe
Zeit, daß ich mich meines Geheimnisses entlaste und dir sage:
„Franz, ich hab' mich einst an dir versündigt; verzeih mir!"

Er streckte dem Freunde bittend die Hand entgegen; dieser aber sagte unwirsch: „Ach, Schnickschnack! Hat sich was zu verzeihen! Was du mir Neues beichtest, wußt' ich schon lange. Sie hat mir das vor jenen vierzig Jahren schon alles selber erzählt. — Und nun werb' ich dir auch verraten, warum ich so viel den fremden Weibern nachgelaufen bin bis in mein Alter hinein: weil sie mir zu gleicher Zeit gestand, daß du die einzige Liebe ihres Lebens seiest.“

Der Hausfreund starrte ihn schweigend an, die heisere Wanduhr aber meldete — Mitternacht.

Die Freundin.

Hab' noch einmal im alten Jahr bei Ihnen Dämmerstunde feiern wollen, teuerste Frau! — Lassen Sie mich ein Weniges vor mich hinschwatzen und schauen mich nicht so feierlich an — sonst muß ich mich dito in Positur setzen.

Das sei Sylvesterstimmung, meinen Sie. Ah bah! Mögen ordnungsliebende Gemüter ihre Rührung nach den Kalendertagen regeln und um die Jahreswende die obligate Sentimentalität zu züchten suchen — was geht das uns an? — Die sechs am Schluß der Jahreszahl schreibt sich nicht minder bequem als die fünf — und schließlich ist das der einzige Unterschied.

O, bin ich müde! Ich habe den Tag über Briefe geschrieben. Alles, was im Laufe des Jahres unbeantwortet geblieben war, hat heute seine Erledigung gefunden. — Du lieber Gott — welch alte Schulden kamen da zum Vorschein! Was für ein niederträchtiger Faulenzer bin ich gewesen! Wieviele gute Freunde hab' ich durch Schweigen

gekränkt, wieviele kleine Giftstachel im Fleische stecken lassen! —
Genug davon!

Die Gratulationen habe ich ebenfalls besorgt. Auch
Sie werden am Neujahrstage in der Frühe mein Kärtchen
erhalten, ganz steif — mit „1, 1, 86" beschrieben, ohne den
mindesten Pfefferkuchenvers.

Lachen Sie nicht! Wenn ich's mir recht überlege, ist
dies „1, 1" doch eine bedeutungsvolle Ziffer, und man sollte
nicht darüber spötteln, wie ich gethan.

Der Tag, den sie bezeichnet, ist der Umzugstermin
für die Herzen, an ihm wechselt die Liebe ihre Wohnung.
Nicht immer natürlich; viele haben ja langjährigen Kontrakt,
lebenslänglichen sogar, und gar mollig haust es sich in solchen
eingewohnten Räumen; aber die Leichtsinnigen, die Schmetter=
linge — notabene, wenn man um Neujahr von Schmetter=
lingen reden kann — die Exmittierten und alle sonstigen
Seelen, die sich aus Neigung oder Not ein neues Heim
suchen, die sieht man um die Neujahrszeit im Aus= und
Einzug begriffen.

Warum gerade dann? fragen Sie.

Die neue Saison hat begonnen, neue Verbindungen
sind angeknüpft, neue Intriguen eingefädelt, neu erblühte
Neigungen drängen sich schüchtern ans Tageslicht. Die
Weihnachten gehörten noch der alten Aera an, und manches
Glück, das bequem in Schlafrock und Pantoffeln zu ge=
·nießen, siegte noch über die Unbequemlichkeiten der ungestüm
anpochenden Leidenschaft. Jetzt aber, zu Neujahr, wird Kehr=
aus gemacht, und alles morsche Liebesinventar veräußert.
„Um zu räumen," wie's in den Inseraten heißt.

Des Herzens Wohnungswechsel ist wohl der traurigste

Umzug, den es auf Erden gibt — es wird viel dabei zer-
schlagen, und manches teure Erinnerungsstück fällt in den
Straßenschlamm —, aber wenn er sich nicht verhindern läßt,
dann soll er gründlich, mit Energie geschehen.

Da fand ich einmal im Pelham, der Bibel aller Welt-
männer, als Kapitelmotto einen alten, ungeschickten Vers:

> „Gut ist's, alte Liebe abzuthun,
> Eh' du zu neuer dich wendest!"

Eine Wahrheit von verblüffender Prägnanz! Wie
mancher schon hat den Anschluß versäumt, weil er sich zu
lange beim Abschiednehmen aufhielt. O, über dieses Thema
ließen sich ganze Stöße von Novellen schreiben!

Bisweilen auch bleibt das Herz im alten Hause, aber
es tauscht die Wohnung. Hier folgt Haß der Liebe, Liebe
dem Haß, letzteres wenigstens in den Romanen der Marlitt.
Und mehr noch: Freundschaft zieht ein, wo die Liebe
wohnte; sagt doch schon der alte Spruch: „Hat man die
Liebe, na und so weiter".

Und zuguterletzt: die Freundschaft räumt das Feld,
um der Liebe Platz zu machen.

Sie schütteln den Kopf. Sie glauben nicht daran? —
Wohl weil wir beide so ganz gefeit sind? — O, wir
machen eine Ausnahme, zwischen uns steht die intellektuelle
Liebe zur Wahrheit wie eine kristallene Mauer im Eis-
meer. — Aber Beispiele könnte ich Ihnen nennen, teure
Frau, Beispiele in Fülle. Und zwar traurige zumeist.

Es scheint ein ehernes Gesetz des Glückes zu sein, daß
die Liebe im Sinnentaumel beginne und in dem Frieden
stiller Freundschaft — ich meine hier die Ehe — ein Ende

nehme; der umgekehrte Weg ist nicht verboten, aber er führt — in die Wüste.

„Es gibt ja abstrakte Schwärmer, welche die Vermählung der Geister als eine Vorbedingung der sinnlichen Neigung konstruieren, aber die Natur straft sie Lügen. Wo Freundschaft zwischen Mann und Weib in Liebe endigt, da war eines oder das andere Lüge. Und wehe, wenn's nicht die Freundschaft war!

Ja, apropos — besinnen Sie sich vielleicht auf ein Frauenporträt, das vor drei oder vier Jahren auf unserer Ausstellung viel Aufsehen erregte und dem Maler Ruhm und Bestellungen in Fülle eintrug? — Eine zarte, fast dürftige Gestalt in schmucklosem, schwarzem Samtkleide, — ein schmales, leidendes Gesicht, auf dessen blasser Stirn der ruhige Adel des Gedankens thronte, — halbgeschlossene, sinnende Augen, unter deren düsteren Wimpern ein bläuliches Leuchten flimmerte, — die Oberlippe von leichtem Flaum beschattet — und um die Lippen ein Zug von Sehnsucht und lächelndem Weh? — — — Oh, jetzt erinnere ich mich genau — wir haben das Bild sogar zusammen bewundert. — Sie blieben davor stehen, schauten es lange an und sagten dann:

„So denk' ich mir Vittoria Colonna!"

Ich schwieg erstaunt über Ihren Scharfblick, denn das Wesen jener Frau bot in der That mancherlei Vergleichungspunkte mit dem der unglücklichen Freundin Michelangelos, und auch ihr Schicksal, in das ich durch einen Zufall Einblick erhalten — über das „wie?" muß ich natürlich schweigen — schien dem Vittorias seltsam ähnlich. — Damals war es

noch nicht abgeschlossen — und der Wendepunkt, der später
eintrat — — —

Sie war die Witwe eines angesehenen *.*'er Archi-
tekten, in dessen Hause dereinst eine Schar talentvoller
junger Künstler aus- und eingegangen war. . . . Unter
ihnen K . . . ., der spätere Maler des Bildes, ein fröh-
licher Geselle, leichtsinnig und keck, der aus den Strudeln
der Akademikerjahre die volle Kindlichkeit des Genies her-
übergerettet hatte, und dem die weltschmerzliche Blasiertheit, welche er so vielfachen Erfahrungen zuliebe sich an-
geeignet hatte, um so prächtiger zu Gesichte stand, als sie
sich beim geringsten Anlaß in ein hellklingendes Gelächter
auflöste.

Frau Hedwig erkannte alsbald den tüchtigen Kern, der
in dem etwas fahrigen jungen Manne steckte, und nahm sich
um so lieber seiner an, als alle Welt in ihm ein Talent
ersten Ranges bewunderte, das nur etlicher Pflege bedurfte,
um herrliche Früchte zu tragen. — Mit Inbrunst gab er
sich der Führung der um einige Jahre älteren Dame hin,
die er vergöttern lernte.

Er brachte ihr seine Skizzen, die sie aufmerksam
durchmusterte, mit einem Blicke, dessen Formgefühl auch
nicht der leiseste Fehlgriff der noch tastenden Hand entging.
Er machte sie zur Vertrauten seiner schöpferischen Gedanken,
die noch mit gärendem Ungestüm seinem Geiste entquollen,
und gereift, geläutert erhielt er sie von ihr zurück. Es war
kein Winkel seines Herzens, der nicht offen vor ihr da-
lag, und selbst die jugendliche Rohheit, die manchmal aus
seinem Empfinden mißtönend hervorquoll und andere fein
fühlende Frauen verletzt haben würde, verstand sie als

Zeugnis der Ueberkraft zu würdigen und durch leisen Spott zur Harmonie hinüberzuleiten.

Unendlich reich war, was sie ihm gab, aber kaum geringer, was sie von ihm erhielt. Gebannt an die Seite eines alternden, grämlichen Gatten, selbst kränkelnd Jahr um Jahr, hatte sie ihr Denken frühzeitig reifen sehen, dabei jedoch den Frohmut, die Spannkraft der Jugend, eingebüßt. — Nun fluteten ganze Ströme frischen, freudigen Lebens von ihm zu ihr hinüber, sie fühlte sich neu verjüngt in seinem Anschauen, und in ihr Empfinden für ihn mischte sich eine zarte Mütterlichkeit, das Schattenbild eines Glückes, welches ihr versagt geblieben.

Der Gatte, froh, die einsame Frau beschäftigt zu sehen, ließ die beiden ruhig gewähren. — Und weshalb auch nicht? — Nie wäre eine Eifersucht grundloser gewesen; vertraute der junge Taugenichts ihr doch sogar seine — mehr oder minder leichtfertigen — Herzensaffairen an, die sie mit lächelndem Warnen so weit unwirksam zu machen suchte, daß sie die Entwickelung seines Talentes nicht störten.

Zwei, drei Jahre vergingen. Der Gatte Frau Hedwigs starb — sie fühlte sich kränker denn je und siedelte, dem Rate der Aerzte folgend, nach dem Süden über — nach Nizza.

Still und einsam lebte sie für sich hin; nur hin und wieder erschien irgend ein junges Genie mit langen Haaren und nicht allzu sauberem Hemdkragen in ihrem anspruchslosen Salon, welches ein Empfehlungsschreiben ihres Freundes überbrachte und sich meistens in Geldverlegenheiten befand.

Der Briefwechsel mit ihm, dem Freunde, den Arbeit und Amt in Deutschland festhielten, bildete ihre einzige Zerstreuung. Er schrieb ihr oft, daß er sie anbete wie eine Heilige. Sie wehrte den ekstatischen Schwall energisch von sich ab und war zufrieden, daß er ihr trotz seines flatterhaften Temperaments und seines wachsenden Ruhmes die alte Neigung treu bewahrte.

Drei Jahre schlichen so dahin.

Da — in einem Spätherbst erschien er plötzlich in Nizza. Müde, abgearbeitet, geistig vereinsamt, zerfahrener denn je, aber — zum Manne geworden.

„Bei Ihnen komm' ich Heilung suchen!" rief er, als er zum erstenmal in ihr Zimmer trat.

Sie weinte vor Freuden.

Bald verkehrten sie herzlicher miteinander denn je, und doch empfand sie bisweilen eine gewisse Scheu vor ihm, die ihr ehedem fremd gewesen war, eben weil er ihr nicht mehr als der Jüngling gegenüberstand, auf den sie früher unbefangen mütterlich herabgeschaut hatte. Der Unterschied der Jahre schien fortgewischt — auch innerlich. — Sein Geist war dem ihren nahe gerückt — unheimlich nah.

Oft klagte er ihr sein Leid. Das böse Kopfweh, das ihn plagte — eine Frucht allzuvieler Arbeit — dann die Sorgen, mit denen er gerungen, die Enttäuschungen, die er erduldet. Sie waren nicht allzu groß, aber dem verwöhnten Schoßkinde des Glückes hatten sie doch über den Kopf wachsen können. Sie verschlang seine Worte; das Kleinste, das ihn anging, hatte für sie eine ungeheure Bedeutung gewonnen.

Aber vieles schien er zu verschweigen.

„Und die Frauen?" fragte sie lächelnd, doch innerlich von plötzlich aufsteigender Eifersucht gequält.

„Ach, lassen wir die Frauen!" erwiderte er, „ich habe sie samt und sonders vergessen. Jetzt sind Sie mein ein und alles."

Sie erschauerte, aber sie sagte nichts. O, wenn er gewußt hätte, wie erst ihr ganzes Wesen in ihm aufging!

Diese seine Worte umschmeichelten sie fortan, sie klangen selbst nachts durch ihren Schlummer.

Weihnachten feierten beide zusammen.

Als die Lichter am Baume brannten, und der Duft von Tannen und Aepfeln heimatlich den Raum durchzog, ergriff er ihre beiden Hände, sah ihr lange lächelnd ins Auge und sagte dann:

„Wissen Sie! wir beide müßten uns eigentlich heiraten."

Sie fühlte, wie es sie siedendheiß durchrieselte, aber sie faßte sich und brach in ein lautes Lachen aus.

„Sie denken, ich scherze," fuhr er fort, „nein, nein, ich sprach in heiligem Ernst. Sagen Sie selbst — wir sind beide einsam, die Welt stört uns nicht, und wir haben einander verstehen gelernt, wie keine zwei Menschenkinder sonst auf Erden. — Warum sollen wir nicht fürs Leben gemeinsame Sache machen?"

„Seien Sie vernünftig, mein Freund," erwiderte sie, äußerlich bemüht, den heiteren Ton festzuhalten, „und sprechen Sie dergleichen Unsinn nicht mehr; denn Unsinn bleibt's, gleichviel ob im Ernste oder scherzhaft gemeint. Das fehlte gerade noch, daß Sie sich mit einer Frau behängen wollten, die um fünf Jahre älter ist als Sie und in kurzer Zeit gänzlich verblüht sein wird. Zudem scheinen Sie mir zum Krankenpfleger nicht geboren, und Sie wissen doch, daß ich langsam dem Grabe zugehe. Also genug davon."

In derselben Nacht weinte sie viel.

Am anderen Tage plagte ihn sein Kopfweh heftiger denn je.

Er durfte es sich in ihrer Gegenwart bequem machen und sich auf der Chaiselongue ausstrecken.

Sie rückte ihm die Kissen zurecht.

„Sie haben eine so kühle Hand," sagte er. „In früheren Zeiten sind Sie mir wohl manchmal tröstend über die Schläfe gefahren. Das hat mir stets unendlich wohlgethan. Auch das Glück hab' ich nun verscherzt."

Mit zitternder Hand strich sie ihm über Scheitel und Stirn.

Als sie dabei seine Wangen berührte, hielt er die Finger mit seinen beiden Händen fest.

„Hier lassen Sie sie ruhn," sagte er mit tiefem Aufseufzen. „Meine Wangen brennen wie Feuer."

Die ihren brannten nicht minder. — —

Die Tage zwischen Weihnachten und Neujahr vergingen. Immer enger schlossen die beiden Menschen in ihrer Herzenseinsamkeit sich aneinander.

Der Sylvesterabend kam.

Man beschloß, das neue Jahr gemeinsam heranzuwachen.

Frau Hedwig bereitete den Thee. Er hatte sich in einen Fauteuil zurückgelehnt und rauchte Cigaretten. Durch

die blauen Wölkchen hindurch beobachtete er ihr hausmütter-
liches Walten. — Auf ihren Wangen lag ein rosiger
Schein, und in ihren Augen flimmerte es wie der Abglanz
geahnten Glückes.

Er fühlte sich so froh und doch so beklommen, er hätte
aufspringen und sie in seine Arme schließen mögen, bloß
um die Last von seiner Seele abzuwälzen.

Sie sprach wenig — ein jeder schien mit seinen Gedanken beschäftigt.

Gegen elf Uhr erhob sich auf der Straße ein Lärmen,
— der Schein dampfender Fackeln warf glührote Lichter
durch das Fenster.

Ein Maskenzug, den eine Privatgesellschaft als Vor-
geschmack nahender Karnevalsfreuden unternommen hatte,
wälzte sich die Straße entlang.

Sie öffnete die Glasthür, und beide traten auf den
Balkon hinaus, auf dem Granatbäume in voller Blüte
standen. — Es war eine weiche, warme Nacht, wie bei
uns im Frühling. Die Sterne flimmerten, und über dem
Meere lag ein unbestimmtes Leuchten.

Als das Gewühl mit Pfeifen, Johlen und Gelächter
zu ihren Füßen vorüberflutete, fühlte er, wie ihr Arm sich
beinahe ängstlich in den seinen legte.

„Stehen wir hier nicht wie auf einem einsamen
Felsen mitten im Meer?" flüsterte er ihr zu.

Sie nickte und schmiegte sich leise an ihn.

„Und müssen doch einander fremd bleiben," fuhr er fort.

Sie antwortete nicht und neigte ihren Kopf hernieder,
um ihn in den rosigen Blumenschwall zu tauchen. — Er
fühlte, wie sie zitterte.

„Hedwig!" sagte er leise.

Sie schrak zusammen. Es war das erste Mal, daß er ihren Vornamen aussprach.

„Hedwig!"

„Was wollen Sie von mir?"

„Hedwig — mir ist das Herz so voll. — Ich muß Ihnen danken, muß Ihnen Liebes sagen . . . Was wär' ich ohne Sie? Alles, was ich bin, haben Sie aus mir gemacht . . . Hedwig, ich ertrag' es nicht mehr, mit klopfender Brust steif und kalt neben Ihnen zu stehen. Ich muß mir Luft machen, muß Ihnen sagen . . ."

„O mein Gott," hauchte sie, die Hände vors Gesicht schlagend. Dann floh sie rasch in das Zimmer zurück und warf sich in einen Sessel.

Er folgte ihr und ergriff ihre beiden Hände.

Sie atmete schwer.

„Lassen Sie uns vernünftig reden, mein Freund," sagte sie dann, sich mühsam emporrichtend. „Setzen Sie sich dorthin und — hören Sie mir zu." Er gehorchte mechanisch. „Warum kann es nicht zwischen uns bleiben, wie es bisher gewesen? . . . War es nicht gut so? . . . Hatten wir aneinander nicht unser Genügen? . . . Und da ist nun plötzlich eine Wallung über uns gekommen, die uns undankbar macht gegen all das Glück, das wir uns bisher geschenkt . . . Wir dürfen ihr nicht nachgeben. Sie würde uns — mich wenigstens — ins Unglück stürzen. Sehen Sie, vor kurzer Zeit sagten Sie mir, ich sei Ihr ein und alles. — Ich fühl' es wohl, in gewissem Sinne bin ich's, und dieses Gefühl macht mich stolz und glücklich; aber von dem Tage an, da wir Liebe ernten wollen, wo wir Freundschaft säten, von dem Tage an ist der Zauber gebrochen, der uns so lange fesselte. Bis dahin war ich Ihr ein und alles, dann werd' ich — — — eine mehr."

Er zuckte zusammen. „Welch häßliches Wort!" sagte er tonlos.

„Häßlich vielleicht, aber um so wahrer," erwiderte sie, mit zitternden Fingern an der Tischdecke zupfend. „Wir dürfen uns keiner Selbsttäuschung hingeben. Diese Stunde entscheidet über unsere Zukunft. Noch liegt es in unserer Hand, welchen Weg wir einschlagen wollen. Sie wissen ja, daß — ich — Sie lieb habe — und — — — einsam bin; drum haben Sie Mitleid mit mir, schonen Sie mich — ich möchte in Ihrem Leben gern so viel bleiben, wie ich bisher gewesen."

„Sie sollen ja mehr darin werden, nicht weniger!" rief er, die Hände auf seiner Stirn faltend, „ganz will ich mich Ihnen ergeben mit meiner Kunst, meinem Leib, meiner Seele. — Ich will Frieden haben, vor der Welt außer mir, und den Leidenschaften in mir — und wo könnt' ich den wohl finden als bei Ihnen?"

Sie atmete tief auf wie in erwachender Hoffnung. — Heiß hing ihr Blick an dem seinen.

In diesem Augenblick meldete der Zeiger die zwölfte Stunde.

„Noch wenige Minuten," sagte er fortfahrend, „und das Jahr ist vorüber — ein neues kommt — soll es ewig ein und dasselbe bleiben in nichtigem Treiben für mich — in kummervoller Einsamkeit für Sie? — Vor uns liegt das Dunkel, und in ihm lauernd, wie ein gefräßiges Ungetüm, das Grab!"

Sie erschauderte.

„Es hält uns ja doch bald in seinen Klauen," fuhr er fort; „warum sollen wir zweifeln und zaudern — es ist ja doch alles gleich — im Hintergrunde steht das Nichts. Drum lassen Sie uns glücklich sein im Rausch des Lebens, solang es Zeit ist."

Die Uhr schlug zwölf . . .

Jeder Schlag war wie der Flügelschlag einer irrenden, einsamen Seele.

Weinend sank sie an seine Brust . . .

————

Ein Jahr später saß Frau Hedwig um dieselbe Stunde in demselben Gemach — doch diesmal allein . . . Er hatte schon zu Weihnachten kommen wollen, hatte es aber aufgeschoben bis zu Neujahr. Auch heute war er nicht eingetroffen; statt seiner kam ein Brief, den sie seit Stunden unablässig studierte.

Sie war sehr gealtert, mußte viel gelitten haben; um ihren Mund zuckte ein hartes, bitteres Lächeln.

Auf ihren Wangen entbrannten die Flammen des Todes, derweil sie auf die Worte niederstarrte.

Worte voll hohler Zärtlichkeit, der Verlegenheit abgerungen.

Sie sank vor dem Sessel nieder, auf derselben Stelle, auf der er damals gekniet, ein gequältes, zu Tode gedemütigtes Weib, und während sie den Kopf in den Polstern verbarg, murmelte sie: „Eine mehr." — — —

*   *   *

Warum sehen Sie mich so traurig an, teuerste Frau? Was geht die Geschichte uns an? — — —

Erstens bin ich kein Genie, zweitens haben Sie kein Talent zum Verlassenwerden, und drittens bleiben wir auch im neuen Jahre die alten Freunde.

———

Er will sie kennen lernen.

Also Sie sind wirklich noch hier, verehrteste Frau? Ich glaubte bereits, ich würde vergebens anklingeln, und nun find' ich Sie in wohligster Häuslichkeit, genau wie damals im Winter, als ich Sie verließ.

Was, Sie wollen überhaupt — — —?

Mit Staunen hör' ich Ihnen zu! — Daß Sie Ihre Einsiedlergelüste mit einem Walle von Vernunftgründen verschanzt haben würden, konnt' ich mir denken, doch daß Sie das Badeleben wirklich hassen ... O, in vielem haben Sie ja recht — die elektrischen Hotelklingeln haben es entschieden auf unsere Nerven abgesehen; das pêle-mêle der Kurkonzerte vermag selbst einen so kritiklosen Musikenthusiasten, wie mich, in die Flucht zu schlagen; die Kellner sind in der That die unangenehmsten Schmarotzerpflanzen, welche unsere gesellschaftliche Treibhausluft geschaffen hat, — aber was die Fremden anlangt, die lieben Mitleidenden, vor deren kalt=zudringlichen Blicken Ihnen graust, — nein, Verehrteste, d i e muß ich in Schutz nehmen, um derentwillen wär' ich sogar zu einem Hymnus erbötig. — Sie

sind es, welche uns über den engen Gesichtskreis unseres
Standes hinaus gucken lassen und uns Gelegenheit bieten,
das Joch der Konvention wenigstens für etliche Wochen im
Jahre abzuschütteln; sie sind es, welche die Bäder zu Jungbrunnen der Phantasie, zu Heiligtümern der Romantik
machen! Dieses Aschenbrödel unserer Zeit wird ja sonst
nirgends mehr geduldet, und nun wollen Sie ihm gar seine
letzte Zufluchtsstätte rauben!

Ja — und selbst die Blicke, die Ihnen so sehr miß-
fielen! — Einstmals während der Saison in Heiligendamm
beobachtete ich zwei Frauen, die sich während etlicher Tage
von verschiedenen Tischen aus mit dieser kalten — nein,
sogar mit feindseliger — Zudringlichkeit musterten. Die
eine Hamburgerin, die andere Mexikanerin, beide schön,
elegant, brünett — junonische, vornehme Gestalten. „Sehen
Sie, wie die beiden sich hassen," sagte ich zu einer Bekannten. „Sie irren," erwiderte mir die Evastochter. „Die
Blicke sind nicht Haß, sie sind Sehnsucht." — Und richtig!
— Eines Tages kamen die beiden schönen Frauen Arm in
Arm zur Table d'hote. Sie trennten sich nicht mehr —
ich wette, sie sind Freundinnen geworden.

Und welchen Reiz gewinnen die Annäherungen erst,
wenn die eine Seite durch einen Repräsentanten des ewig
Männlichen vertreten wird! Der Wegfall der konventionellen
Vorstellung durch einen gemeinsamen Bekannten — wo findet
sich der so rasch? — sorgt dafür, daß sie den Schein des
Verbotenen, des Leichtsinnigen an sich tragen und die Phantasie um so mächtiger erregen! Wohl steht im gesellschaftlichen Kodex geschrieben, daß bei absolutem Mangel einer
Mittelsperson nur der Badedirektor die Bekanntschaft zwischen

einem Herrn und einer Dame einzuleiten habe, aber jeder
dieser Beamten wird Sie versichern, daß derartige Ansuchen
nur äußerst selten an ihn herantreten. Man weiß sich eben
selber zu helfen.

Sie fragen spottend nach dem „Wie?" Freilich Sie,
die Philosophin, die Frau von — wie viel waren es doch?
— grauen Haaren, haben für dergleichen nur ein lächelndes
Achselzucken; aber nehmen Sie Ihre Mitschwestern ins
Gebet, sie werden Ihnen gestehen, daß die interessantesten
Badebekanntschaften stets diejenigen waren, die sich auf
irgend einem ungewöhnlichen Wege als Konterbande in
ihren Verkehr — nicht selten auch in ihr Herz — hinein-
schmuggelten.

Welch ein ergiebiges Operationsfeld für diplomatische
Verschlagenheit auf der einen und für verschämte Koketterie
auf der anderen Seite! Welch Ersinnen kühner Schlachten-
pläne, um dem, ach! so trägen Zufall unter die Arme zu
greifen; denn das brutale Drauflosplatzen mit der dumm-
dreisten Formel: „Meine Gnädige, wollen Sie mir gestatten, daß ich mich Ihnen vorstelle?" wird mit Recht von
jedem Manne verschmäht, der Geschmack und Welt genug
besitzt, um beileibe nicht für einen Bonhomme gelten zu
wollen.

Von den beliebtesten Methoden nenn' ich Ihnen „den
Becher am Brunnen", „das Rosensträußlein", „das Verirren
im Walde", „Belvedere", „das Konzertprogramm", „das
Baby" rc. Sie sind ebenso abgebraucht, wie ungefährlich,
und werden von originell veranlagten Gemütern samt und
sonders verschmäht.

Seine Meriten hat „der Handschuh in der Westentasche". „Pardon, mein gnädiges Fräulein, Sie haben Ihren Handschuh verloren." — „O nein, mein Herr, Sie sehen, hier sind sie beide." — Und zwei in Mousquetaires gehüllte, niedliche Händchen strecken sich mir entgegen. Ich spiele nun den Hilflosen, begucke den Handschuh, den ich wohlweislich in kleinster Nummer eingekauft, — sonst wäre meine Annahme ja Beleidigung — auch ein wenig zerknittert habe, um das „getragen" zu markieren, und frage sie in sehr kläglichem Tone, was damit beginnen. Sie amüsiert sich über meine Ratlosigkeit, und was sie nun auch antworten möge — sie ist gefangen.

Ebenso könnte ich „das Skizzenbuch" empfehlen. Höchst eigenartig, aber nicht gefahrlos. Ich lasse mir von einem befreundeten Maler im Laufe des Winters etliche Seiten meines Notizbuches mit Bleifederstrichen vollkritzeln oder kopiere mittels Oelpapiers einige Mar̄sche Skizzen aus dem Journal amusant, setze mich im geeigneten Moment ihr gegenüber und beginne scheinbar eifrigst zu zeichnen. Sobald sie sich rührt, rufe ich in einem brüsken Tone, der das Resultat rücksichtsloser Begeisterung ist: „Meine Gnädige, wollen Sie noch einen Moment stille halten!" Thut sie's, so bin ich allerdings verloren, denn dann will sie auch ihr Bildnis sehen; aber natürlich thut sie's nicht, vielmehr springt sie entrüstet auf — na, und das übrige macht sich. Die vorrätigen „Studien" dienen nun als Legitimation, im Falle sie später einmal das Skizzenbuch in Augenschein zu nehmen wünscht.

Dann habe ich für meinen Privatgebrauch noch ein paar andere Trucs erfunden, die ich aber gewissermaßen als Geschäftsgeheimnis betrachten muß. — Ach Gott, man hat ja so viele Konkurrenten! —

Doch um wieder ernsthaft zu sprechen: selbst wenn durch Schüchternheit oder Ungunst der Verhältnisse eine An= näherung nicht zu stande kommt — was thut's? — Eine regsame Phantasie weiß aus bloßen „œillades", aus dem geheimnisvollen Fluidum, das zwischen Fremden von Auge zu Auge herüber und hinüber schießt, edelste Lebensnahrung zu saugen, einen Nektar, süß und berauschend, wie ihn der Verkehr mit bestens legitimierten Bekannten niemals zu bieten vermag.

Sie lachen mich aus? — — — Oho, da muß ich Ihnen zum Beweise eine Geschichte erzählen, die einem Freunde von mir passiert ist.

„Wohl derselbe Freund, den Fourchambault père be= saß?" fragen Sie. — Nein, nein, wirklich — doch Sie werden ja gleich selber sehen.

Wir hatten zusammen studiert — waren Couleurbrüder gewesen — dann hatten wir uns aus den Augen verloren. In vorigem Sommer fand ich ihn unversehens in Wies= baden, wo er während der Gerichtsferien — er war seit kurzem Assessor — einen jugendlichen Rheumatismus spa= zieren führte. — Ein guter, ein prächtiger Junge! — Einer aus dem Geschlecht der „reinen Thoren", die in den Ur= wäldern Ostpreußens noch heut nicht gar so selten auf= treten. — Ein kleiner Schwerenöter dabei, der sich ein= bildete, mancherlei „erfahren" zu haben, und mir seine Abenteuer — welche sich durch eine verblüffende Harm= losigkeit auszuzeichnen pflegten — in Stunden der Ver= trauensseligkeit geheimnisvoll ins Ohr flüsterte. Wenn ich mir dann den Spaß machte, ungläubig zu erscheinen, sah er mir mit seinen großen, blauen Augen ganz erschrocken

ins Gesicht und versicherte treuherzig: „Nein — wahrhaftig — du mußt nicht denken, daß ich renommiere!"
Er hätte so mit seiner Hünengestalt, mit dem blonden Flaum
um die Wangen zu einem Jung-Siegfried Modell stehen
können.

Manchmal aber hielt er plötzlich inne und lächelte gar
träumerisch und glückselig vor sich hin. — Auf meine Fragen
schüttelte er nur stumm den Kopf. — Aber endlich kam es
zum Vorschein: — er hatte etwas erlebt, — „erlebt, sag'
ich dir, hier in Wiesbaden — kürzlich — wenige Tage,
bevor du kamst, war's zu Ende."

Und Freund Leo berichtete:

Eines Nachmittags saß er im Kurgarten am Weiher
und schaute zu, wie das Sonnenlicht sich regenbogenfarbig
in dem Sprühregen der großen Fontäne brach, die turm-
hoch vor ihm aufspritzte. Als er halb geblendet den Blick
abwandte, gewahrte er ein tiefes, dunkles Augenpaar, das
träumerisch auf seinem Antlitz ruhte und sich nun jählings
hinter schwarzbewimperten Lidern verbarg.

Er errötete und schlug auch seinerseits die Augen
nieder. — Als er nach einer Sekunde einen prüfenden Blick
riskierte, sah er eine kleine, zarte, brünette Frau, die sich
nachlässig in ihrem Sitze zurückgelehnt hatte und die Spitze
des Sonnenschirms auf ihrem Stiefelchen tanzen ließ. —
Die in olivenfarbene Seide gehüllten Formen erschienen, obwohl schlank, von entzückender Weichheit, und nicht minder
weich die Umrisse des feinen, blassen Angesichts, in dem die
schwarzen, voll gewölbten Augenbrauen sich herrlich abhoben.
Die ganze Erscheinung war umflossen von dem Hauch jener
echten Noblesse, die wie ein Parfüm von Pinaud sich nicht

definieren, aber desto genauer von allen Imitationen unter=
scheiden läßt.

Leo fühlte ein kleines Herzklopfen, welches sich steigerte,
als er wahrzunehmen glaubte, daß bei einem nochmaligen
Blicke, den sie — diesmal etwas hochmütig — über ihn
hingleiten ließ, ein leises, ganz leises Lächeln ihren Mund
umspielte. Darauf wandte sie sich zu der neben ihr sitzen=
den älteren Dame — dem Anscheine nach ihre Gesell=
schafterin — und ließ sich das Konzertprogramm reichen,
in dessen Studium sie sich vertiefte, bis eine Familie, be=
stehend aus einem distinguiert dreinschauenden alten Herrn
und zwei silberhaarigen Damen, sie mit geräuschloser Herz=
lichkeit begrüßte.

In ihrer Begleitung verließ sie noch vor Schluß des
Konzerts den Garten, doch in der Thür des Kursaals wandte
sie sich noch einmal um und ließ einen suchenden Blick über
die Breite des Weihers hingleiten.

Mein Freund Leo stürzte sich in die Einsamkeit des
Parkes und träumte.

In der Frühe des nächsten Tages sah er sie am Koch=
brunnen. Sie trug ein sandfarbenes Morgenkleid mit roter,
weitbauschiger Taille und dazu hochgestelzte, süße Pantöffel=
chen. Auf ihrem Antlitz lag ein drollig holder Ausdruck
von Schmollen und Verschlafenheit, und als sie Leo in der
Wandelbahn begegnete, sah sie ihn so kläglich an, als ob
sie ihm wie einem alten Bekannten den Gram um den ver=
lorenen Morgenschlummer klagen wolle.

Mein Freund fing die bewundernden Blicke auf, welche
die eroberungssüchtigen Dandies ihr nachsandten, und fühlte
sich stolz und glücklich als Bevorzugter.

Nun galt es bloß noch, sich ihr zu nähern. Freilich das „wie!" — Wäre die Gesellschafterin nur nicht gewesen, die hagere, alte Person, die immer hinter ihr hertrottelte.

Als er tags darauf über den Goetheplatz ging, sah er sie in einer glänzenden Karosse an sich vorüber sausen, auf dem Rücksitz eine Wärterin in magyarischer Tracht mit einem etwa zweijährigen Baby auf dem Schoße. Vor den „Vier Jahreszeiten" stieg sie aus. — Ein Gefühl dumpfer Beklommenheit sank ihm auf die Brust. — Sie so reich — so vornehm! Warum nur hatte sie ihn lächelnd angesehen?

Immerhin — wenn er ihr allein begegnete! — O, er hielt auf sich, er war kein Hasenfuß! — Und sieh! — der Himmel selber schien seinen Entschluß zu segnen, denn schon am nächsten Abend, als er im entlegenen Nerothal dahinwanderte, sah er sie langsam die Taunusstraße emporkommen — mit leise geröteten Wangen, auf die Krücke des Sonnenschirms gestützt, einen Band der „Tauchnitz Edition" unter dem Arme. Als sie an ihm vorüberging, blickte sie scheinbar achtlos vor sich hin, aber um ihren Mund spielte wieder jenes leise, rätselhafte Lächeln.

Er blieb stehen und schaute ihr nach, wie sie allgemach die Anhöhe hinanschritt und sich schließlich im Waldesschatten verlor, nach der Richtung hin, wo die griechische Kapelle ihre goldenen Kuppeln leuchtend aus dem Laubdickicht erhebt. — Dort ist es still und einsam, dort würd' es niemand gewahren, wenn er sich ihr auffällig näherte.

Um den kühnen Entschluß nicht erkalten zu lassen, eilte

er mit raschen Schritten hinterdrein. — Ein todesfreudiger Mut war über ihn gekommen.

Auf der Stelle, wo sie seinen Blicken entschwunden war, hielt er Umschau, doch nichts war mehr von ihr zu sehen. Dann vertiefte er sich auf gut Glück in dem dunkelnden Walde.

Wohl eine Viertelstunde war er umhergeirrt, da sieh! — die Frauengestalt, die am Fuße des Abhanges, etwa dreißig Schritte niederwärts, malerisch hingegossen im Moose ruhte — — —

Ja, sie war's.

Wie hold erglänzte der seidene Strumpf über dem zarten Knöchel, wie hob und senkte sich ihr Busen unter dem knappen Kleide!

Ein heißer Schreck durchrieselte seine Glieder.

Er war geräuschvoll durch das knackende Unterholz geschritten, und dennoch regte sie sich nicht.

Neben ihr im Moose, achtlos hingeworfen, lagen Schirm, Handschuhe und Buch.

Sie mußte eingeschlafen sein — wie anders? — und gewiß war es soeben optische Täuschung gewesen, die ihn hatte wahrnehmen lassen, daß ihr dunkles Auge für einen Moment lächelnd zu ihm emporgeleuchtet habe.

Sollte er nun im verlassenen Walde wie ein Räuber über sie herfallen? Nein, nein, um keinen Preis! Lieber im offenen Kurgarten, lieber unter den Augen von Tausenden — als sie hier in Waldeseinsamkeit aus friedlichem Schlafe reißen, sie töblich erschrecken!

Spornstreichs eilte er von bannen — sich in Ermange-

lung eines Besseren an dem Bewußtsein seines Zartgefühls
vergnügend.

Aber morgen! Morgen wird er keine Rücksicht kennen!
Morgen früh auf der Wandelbahn! Er schlief in dieser
Nacht sehr wenig, war um sechs Uhr bereits am Koch-
brunnen und kaufte sich die schönsten Rosen, welche die
Blumenmädchen feilboten.

Und sie kam.

Ihr Blick glitt mit einem leisen Anflug von Spott
über sein Gesicht, blieb für einen Moment auf den Blumen
haften und wandte sich dann in die Weite.

Er erschrak — und teils um sie für ihren Spott zu
strafen, teils um seinen Mut ein für allemal zu erproben,
schenkte er die Rosen — einer anderen, einer ältlichen
jungen Dame, die ihn schon lange mit warmen Blicken
bombardiert hatte, und bei der er seiner Sache sicher zu
sein glaubte.

Ob nun auch sie ihn zu strafen suchte — kurz, am
Nachmittage im Kurgarten war sie von einer Schar glück-
strahlender Offiziere umschwärmt, die schon seit ihrem ersten
Erscheinen heimlich hinter ihr her gewesen waren und Mittel
und Wege gefunden hatten, mit dem distinguierten alten
Herrn bekannt zu werden, um sich durch ihn vorstellen zu
lassen. Sie lachte und kokettierte mit ihnen. Leo war Luft
für sie.

Das ging so wohl acht Tage lang. — Mein Freund,
der anfangs vor Eifersucht gefiebert hatte, beruhigte sich allgemach, die Philosophie der sauern Trauben gewann Spiel-
raum in seinem Innern.

Plötzlich verschwanden die Söhne des Mars aus ihrem

Umkreise. An der etwas verlegenen Ehrfurcht, mit welcher
sie nach ihr hinübergrüßten, war leicht zu erkennen, daß
man sie hatte „abfallen" lassen.

Eines Nachmittags, als Leo wie gewöhnlich dem Regen=
bogenspiele der Fontäne folgte, sah er wieder einmal das
bewußte Augenpaar auf sich gerichtet — dunkel, tief und
träumerisch wie am ersten Tage.

Er erschrak heftig, und die ältliche junge Dame wurde
sofort auf kühlsten Grüßfuß gesetzt.

Noch war er sich über die Methode, in welcher er sich
ihr jetzt nähern wollte, nicht einig geworden, als eines Nach=
mittags ein dunkelbärtiger, hoch gewachsener Kavalier an
ihrer Seite auftauchte, an dessen Arm sie sich hing, und mit
dem sie vertraulich lachte und plauderte.

„Ihr Mann!" sagte sich mein Freund und fühlte in
demselben Augenblicke eine gewappnete Schar moralischer
Grundsätze in sich erstehen. — Verheiratet wie sie war,
hatte er sie seinen freventlichen Attacken ausgesetzt, und seine
Gedanken gar — o! — ihm schauderte vor dem Abgrund
in seinem Innern. — Auf alle Fälle: es war ein Glück,
daß er ihr ferngeblieben.

Immerhin atmete er auf, wie von schwerem Banne
erlöst, als er eines Morgens das dunkelbärtige Gesicht im
„Adler" aus einem Fenster der Bel=Etage gucken sah. Er
wohnte nicht mit ihr zusammen, war also höchstens ein Ver=
wandter — ein Schwager vielleicht! — Aber trotz dieses
Trostes konnte er sich auch fortan nicht entbrechen, den
fremden Kavalier mit tiefgefühltem Neide zu betrachten.
Seine aristokratischen Allüren, die Eleganz seiner Kleider
beunruhigten ihn mehr denn je.

Er besah sich im Spiegel und zuckte indigniert die Achseln. Eine halbe Stunde später stand er in einem Mode=warenmagazin und kaufte sich eine rote Westenkrawatte gleich der, welche er bei dem Beneideten bemerkt hatte. Er trug sie noch jetzt, und ich darf Ihnen nicht verhehlen, liebe Freundin, daß sie sehr schlecht zu seinem blonden Gesichte paßte.

Plötzlich war der Dunkelbärtige verschwunden. Das konnte nicht weiter auffallen. In Wiesbaden geht man ja wie im Bienenkorbe aus und ein.

Eines Abends während des Konzertes, als er, in Ge=danken versunken, auf die Menge hinstarrte, die in dem weißen Lichtmeer der elektrischen Strahlen hin und her flutete, hörte er hinter sich zwei weibliche Stimmen flüstern:

„Sehen Sie die kleine, pikante Dame, die mit dem blonden Herrn vor uns kokettiert?"

„Die mit dem kostbaren Hermelinkragen?"

„Ja. Das ist die Gräfin P . . . ., die Frau des größten ungarischen Magnaten."

Dann verlor sich das Gespräch in kleinbürgerlichem Entsetzen über die Mode, im Monat Juli Pelzmäntel zu tragen.

Eine dumpfe Ahnung ließ ihn aufschauen. — Sie war's. — Das dunkle, große Auge ruhte auf ihm — aber nicht träumerisch wie einst, nein, von hellem, spöttischem Glanze durchschimmert.

Ein nagendes Gefühl der Bitterkeit erwachte in ihm. Nun war es klar am Tage: sie machte sich lustig über ihn! Wahrscheinlich hatte sie seine heimliche Verehrung bemerkt, und — wie war es anders möglich? — er mußte ihr ja lächerlich erscheinen! Sie, eine Dame der großen Welt, schön, von glänzenden Kavalieren umschwärmt — er, ein armer Teufel, ein auf Diäten gestellter Assessor aus einem ostpreußischen Hinterwaldsneste!

Er erschrak bei dem Gedanken, daß er sich ihr jemals hatte nähern wollen. — Aber seinen Stolz besaß auch er . . . Zum Ausgelachtwerden war er zu gut. — Er stand auf und rannte in dem dunkelsten Dickicht des Parkes umher.

Sie sollte fortan nicht mehr für ihn existieren . . .

Als er zwei Tage später zum Kochbrunnen ging, sah er sie vor ihrem Hotel, wie sie mit ihrer Begleitung soeben in die Equipage stieg — das ganze Kellnerpersonal mit Bücklingen um sie her. — Ein beladener Gepäckwagen wartete.

In seinem Kopfe sauste und brauste es. — Aber die Zähne zusammenbeißend, schritt er weiter.

Als er die Wandelbahn des Kochbrunnens betrat, wo die Menschenmassen hin und her wogten, erfaßte ihn ein tiefes Weh. Nie mehr sollte er hier mit Herzklopfen auf sie warten, nie mehr im Gedränge heimlich nach ihr aus- spähen dürfen? — — Nein, jetzt hieß es handeln, han- deln, solange es noch Zeit war.

Er riß einem Blumenmädchen sein Bündel Rosen aus der Hand, warf ihm ein Geldstück hin und eilte davon.

Die Bahnhöfe Wiesbadens liegen, wie Sie wissen, dicht nebeneinander. Vor dem mittelsten sah er den Wagen stehen — dort bog er ein.

Keuchend betrat er die Halle, als der Zug soeben ab- geläutet wurde.

Aus einem Coupéfenster sah er das holde Köpfchen des Baby sich neigen, dahinter die Haube der Wärterin. Dorthin eilte er, sprang auf das Trittbrett und drückte den Rosenstrauß in die kleine Patschhand.

Das Kind jubelte hell auf, und in demselben Momente erschien das Angesicht der Gräfin im Hintergrunde.

Betreten fuhr sie zurück, aber schon im nächsten Augenblicke, als er mit verlegenem Stammeln den Hut lüftete, war ein helles Lächeln, halb voll Schelmerei, halb voll Bedauern, auf ihren Zügen erblüht, ein Lächeln, das da fragte: „Warum so spät?"

Sie öffnete die Lippen — in demselben Momente schob sich der Zug von bannen; aber aus der Ferne — er täuschte sich nicht — wehte zweimal ein weißes Tüchlein grüßend zu ihm herüber.

„Und was weiter?" fragte ich begierig, als mein Freund mit Erzählen inne hielt.

„Mein Roman ist zu Ende!" erwiderte er mit verklärtem Lächeln.

„Aber du stürztest doch nach den ‚Vier Jahreszeiten'", rief ich, „du kauftest dir doch den Portier, du erfuhrst doch ihr nächstes Reiseziel, du, du — aber was frag' ich, — das versteht sich ja alles von selbst!"

Mein Freund hatte nur ein bedauerndes Achselzucken über meine brutale Weltansicht und träumte dann weiter still selig vor sich hin . . .

Nun, verehrteste Freundin, wie erklären Sie das psychologische Rätsel einer solchen Genügsamkeit?

Sie meinen, ich hätte ihn ja selber einen „reinen

Thoren" genannt. — Und damit glauben Sie wohl mich
geschlagen zu haben?

O nein! Die Bäder sind Jungbrunnen der Phantasie.
Dort kann ein jeder zum „reinen Thoren" werden — selbst
wir mit unserer Philosophie und unseren berühmten dreißig
grauen Haaren.

Ich wenigstens will's probieren. Ich reise morgen ab.

———————

Der Mustersohn.

Ja, bei Muttern war ich. — Sie läßt Sie unbekannter=
weise vielmals grüßen. — Ich habe ihr viel von Ihnen
erzählen müssen, sie konnte nicht müde werden, das Bild
der schönen, fremden Frau zu beschauen — sagen Sie nicht,
es sei geschmeichelt! — und schließlich nahm sie's mir weg
und steckte es in das Familienalbum. Eines nur konnte
ich ihr nie plausibel machen, nämlich, daß man mit dem
Original dieses Bildes befreundet sein könne, ohne an Liebe
und Heirat zu denken. Wenn ich ihre versteckten An=
spielungen lächelnd ablenkte, nahm sie meinen Kopf in ihre
beiden Hände, sah mir mit ihrem ernsten Mutterblick prüfend
ins Auge — genau so, wie damals, als ich noch des
öfteren im Verdachte stand, Schokolade aus dem Schranke
genascht zu haben — und sagte leise: „Du verheimlichst
mir etwas, mein Junge!"

Solcher Augenblicke erinnere ich mich allzugern, denn
es thut unmenschlich wohl, wissen Sie, seinen armen, müden
Kopf wohl aufgehoben zwischen zwei kühlen Mutterhänden
zu wissen — und das um so mehr, als es nicht eben

häufig und faſt verſtohlen geſchah. — Sie wie ich pflegten
mit unſeren Zärtlichkeiten kein Geräuſch zu machen; wir
wußten auch ohnehin, was wir aneinander beſaßen, und
hatten nicht nötig, unſeren Morgen= und Nachtgruß mit
Liebeserklärungen zu verſüßen.

Gott ſei Dank, daß dem ſo war! Die Liebe zwiſchen
Mutter und Sohn muß nach meinem Geſchmacke ebenſo
zurückhaltend ſein, wie die Freundſchaft zwiſchen Männern.
— Beides iſt nur dann etwas wert, wenn es den Cha=
rakter des Selbſtverſtändlichen an ſich trägt, um deſſentwillen
man nicht viele Worte zu machen braucht.

Und nichts iſt mir widerwärtiger als die Sentimen=
talität, mit der man neuerdings in der Poeſie — nament=
lich in der franzöſiſchen Dramatik — die Mutter= und
Sohnesliebe behandelt ſieht. — Blaue Weihrauchwolken,
durchzuckt von Flammen myſtiſcher Verzückung, qualmen rings
um ein Verhältnis, deſſen Hoheit und Innigkeit man am
beſten gerecht wird, indem man die keuſche Helle des Natür=
lichen, die es umgibt, unverdunkelt läßt.

Erinnern Sie ſich an das unſterbliche 20. Kapitel in
Heines Wintermärchen mit ſeiner zarten und warmen Natur=
friſche, und vergleichen Sie damit die ſüßlichen und ge=
künſtelten Liebkoſungen, welche die Herren Bernard und
Jacques bei Augier und bei Dumas ihren Müttern an=
gedeihen laſſen!

Wie? Sie glauben, daß dieſe moderne Verhimmelung
der Mütter dem weiblichen Geſchlechte als ſolchem zugute
komme? Ei, täuſchen Sie ſich nicht! Nicht umſonſt hat
die Göttin Lutetia als Patin an ihrer Wiege geſtanden!

Ich glaube viel eher, daß sie Hand in Hand mit der zunehmenden Liederlichkeit geht, die sich beim Manne zu allererst in einer souveränen Verachtung der Weiblichkeit oder — wie es zünftig heißt — „der Weiber" äußert. Der depravierte und blasierte Mann, der sich aus jeglicher Frauengunst, die er genoß, eine neue Stufe zu dem Postamente baut, von dem er auf das weibliche Geschlecht herabschauen zu können vermeint, sieht ein, daß er an einer Stelle Halt machen müsse, daß er über den Leib der eigenen Mutter nicht hinwegschreiten dürfe, wenn er seine Pietät — „Pietät" ist unter Umständen die raffinierteste Art des Egoismus — nicht töblich verletzen wolle. Er räumt der Mutter also eine Stelle neben sich ein und läßt den Opferdunst, den er der eigenen Eitelkeit spendet, auch ihr zu gute kommen.

Ein vollblütiger Vertreter der „Gomme", der bis auf die Knochen modern ist — verehrteste Freundin, ich schildere hier einen Typus, der durchaus nicht allein den Franzosen gehört, auch bei uns in Berlin können wir ihm auf den Exerzierplätzen, an der Börse und in den Klubs der fashionabeln Nichtsthuer allzu häufig begegnen — ein Mann dieser Art kennt ein weibliches Geschlecht als Allgemeinbegriff überhaupt nicht. Er unterscheidet statt dessen drei grundverschiedene Kategorien:

1. Indifferente, d. h. geschlechtslose Wesen. Dazu gehören neben seinen etwaigen Schwestern sämtliche Töchter aus guter Familie, die durch ihre Geburt unnahbar gemacht sind, und aus deren Schar er sich später einmal, wenn er in der Liebe Invalide geworden ist, eine

Gattin wählen wird; ferner alle Häßlichen, Hageren und impertinent Tugendhaften.

2. Die Mutter.

3. Die Weiber. Die Weiber im eigentlichen Sinne des Wortes, sie, die er kennt, liebt und verachtet. Von der sechzehnjährigen Bürgerstochter, der er statt des Zaubertranks der ersten Liebe den Giftbecher reicht, bis zur „Femme de quarante ans", die mit Inbrunst die letzte schale Neige einer matten Neigung von seinen Lippen trinkt.

Sie meinen, eine solche Trennung sei widersinnig und unnatürlich und müsse sich rächen? O daß sie sich rächt, dafür wüßt' ich Ihnen aus dem Leben einen guten Beleg zu geben. Hören Sie zu!

Vor etlichen Jahren begegnete man in Berliner Theatern und Konzertsälen vielfach einem Paare, das durch seine eigenartige Schönheit Aufsehen erregte. — Nicht Mann und Weib, nein, Mutter und Sohn. — Sie, eine Matrone mit schneeweißen, über Schläfe und Ohr schlicht herabfallenden Haaren, einer hohen, reinen Stirn und einem Paar großer, von dunklen Höhlungen umgebener Augen, in die man wie in ein Meer von Liebe hineinschaute. Er, ein Mann von mächtiger Statur und bestechend schönen Zügen, mit einer Jupiterfalte über den Brauen und einem satten Blick, der dennoch ewig suchte. In Haltung und Manieren durchaus Salonmann, doch vielleicht ein wenig zu abrett, zu viel Reserveoffizier. Das Siegesbewußtsein, das sich auf seinen Zügen ausprägte, schien ein wenig vordringlich, die Blasiertheit allzu geflissentlich zur Schau getragen. — Aber die Frauen lieben das ja.

Wenn er, die alte Dame vorforglich geleitend, durch
die Reihen fchritt, fo folgte ihm manches fchöne Auge, und
faft noch mehr als fein Auftreten erregte die Art und Weife,
in welcher er der Mutter begegnete, der Frauen Intereffe
und Bewunderung. Eine Art ftolzen Refpekts fchien jede
feiner Bewegungen zu diktieren; wie er fich zu ihr hinüber=
neigte, wie er mit ihr flüfterte, wie er fie bediente, alles
war durchdrungen von zartefter Ritterlichkeit und andäch=
tigfter Liebe — ein Schaufpiel, das jedes Frauenherz er=
quicken mußte. — Und ereignete es fich, daß ich einen Gruß
mit ihm austaufchte — wir hatten uns in Gefellfchaft bis=
weilen getroffen — fo trat auch alsbald die haftig geflüfterte
Frage an mich heran: „Wer ift der Herr?"

In manchen Kreifen war er freilich fehr bekannt, faft
zu bekannt. Er genoß den Ruf, von den Frauen beifpiellos
verwöhnt zu fein, und fprach felbft mit edler Unbefangenheit
über feine Erfolge. Bei den Männern fand er erklärlicher=
weife nicht viel Liebe. Dennoch hüteten fie fich, die Achfeln
über ihn zu zucken, denn feine Karriere war eben fo glän=
zend wie feine Erfcheinung. Er ftammte aus einer alten,
aber verarmten Adelsfamilie und war Verwaltungsbeamter,
einer aus der Schule der „Schneidigen", die jetzt fo fehr
in die Mode gekommen find. Im Minifterium fetzte man
große Hoffnungen auf feine Zukunft. Wenn man ihn einen
„Streber" nannte, fo that ihm das gar wenig; er brach
dem Worte die Spitze ab, indem er ihm — mit wohlüber=
legtem Cynismus — lachend zuftimmte.

Die Frauen intereffierte mehr der fafcinierende Reiz,
den er auf andere ihres Gefchlechtes ausübte. Man fprach
mit einer gewiffen Scheu von ihm, als fürchte man fich.

Hie und da nannte man ihn einen herzlosen Roué, einen wüsten Egoisten; aber gerade diejenigen, die behaupteten, ihn von den schlechtesten Seiten zu kennen, wollte er geflissentlich nur von ihren — besten gekannt haben. — Sie sehen also, er war nicht rachsüchtig.

Das liebenswürdige Verhältnis zu seiner Mutter gab seiner Persönlichkeit ein neues Relief. „Er muß ein guter Mensch sein, denn er ist ein musterhafter Sohn," so folgerte man. — Nur vereinzelt fanden sich Stimmen, die da sagten, die würdige Matrone sei ihm lediglich ein Mittel zur Koketterie, nicht mehr und nicht weniger als der Diamant, der an seiner wohlgepflegten Hand erglänzte, oder der Bernhardiner, von dem er sich sonst begleiten ließ. — Aber die bösen Zungen! — Schließlich waren es dieselben, welche —

Ein Zufall führte mich mit der alten Dame zusammen, die schon in den ersten Momenten unseres Gesprächs mein Herz gefangen nahm. Welche Vornehmheit der Gesinnung, welche Zartheit des Empfindens! Und wie ihr Auge leuchtete, als sie von ihrem Sohne sprach! — Mit welch ahnungsloser Begeisterung sie mir seine Vorzüge aufreihte! — Aber so sind ja die Mütter alle! — Gott segne sie dafür!

Und er war so recht ihr Schmerzenskind gewesen. In dem Hause eines vermögenslosen Offiziers geht es nicht allzu reichlich her — ein Häuflein Kinder dazu — o, sie hatten daheim vieles entbehren, und die Mädchen hatten heimlich für ein Ladengeschäft sticken müssen, alles, damit dem Sohne das teure Studium ermöglicht werde; und dann die Referendarienzeit erst! Aber jetzt, da seine Not

vorüber und die anderen alle gut versorgt seien — am
besten ihr braver Gatte im Himmel droben — da habe sie
sich entschlossen, zu ihm, ihrem Aeltesten, ihrem Abgott, her
nach Berlin zu ziehen und sich seines Glückes zu freuen;
und bei ihm gedenke sie auch ihr Leben zu beschließen.

So sagte sie damals. — Um so mehr wunderte ich
mich, als ich etliche Monate später von eingeweihter Seite
erfuhr, die Mutter habe ihren Sohn plötzlich verlassen und
sei für immer in die Provinz zurückgekehrt.

„Die Weiber, die Weiber haben sie vertrieben,“ rief
ich aus. Ja, die Weiber waren schuld gewesen, aber in
weit, weit anderem Sinne, als ich Vorwitziger es mir
dachte. Gleichzeitig erfuhr ich die trübe Geschichte.

Wohl hatte Herr v. *** sorgsam darauf hingearbeitet,
daß seine Art, das Leben zu genießen, der Mutter ver-
borgen bleibe. Er hatte sich in einem entfernten Teile der
Stadt eine zweite Wohnung gemietet und die Stunden
seines Ausbleibens mit einem dichten Lügenschleier um-
woben. Allein ein Mutterauge sieht scharf. — Gewisse
parfümierte Billets — anonyme Blumenspenden — geheimnisvolle Botschaften — kurz, sie wußte bald alles.
Aber wenn auch ihr reines Gemüt sich dagegen empörte,
dieses Treiben mit anzuschauen, das war es nicht, was sie
von hinnen trieb. Bei alledem stieg kein anderer Gedanke
in ihr auf, als Angst um den geliebten Sohn. Die Schuld
trugen ja jene, die schlechten verführerischen Weiber. Sie
lebte fortan nur dem einen Wunsche, ihn allgemach deren
unheilvollem Einfluß zu entziehen, ihn an die stillen Freuden der Häuslichkeit zu gewöhnen, ja, sie ging schon mit

dem Plane um, ihm eine Gattin auszusuchen, nur wollte
sich durchaus kein Wesen finden, welches alle die Vorzüge
besessen hätte, die zu diesem ersten Platze der Welt not=
wendig gehörten.   Da eines Tages . . .

Eines Tages saß sie in dem traulichen Erkerzimmer
der gemeinsamen Wohnung, den Sohn erwartend, und
schaute auf das Schneetreiben hinunter, welches die Straße
mit weißen Wolken erfüllte, als plötzlich die Thür auf=
gerissen wurde und ein Weib hereingestürzt kam, ein junges,
schönes Weib aus der Gesellschaft, das sie kannte und dem
sie von Herzen zugethan war, um so mehr, da sie in ihrem
Hause gleich einer alterprobten, werten Freundin em=
pfangen worden.

„Um Gotteswillen, meine Beste, was ist geschehen?
Wie sehen Sie aus?"

Ihre kostbare Kleidung war derangiert, ihr Antlitz
marmorblaß, der Ausdruck wilder Entschlossenheit lag dar=
auf. Schnee hing an ihren Haaren — sie schien auf=
gelöst in Schmerz und Verzweiflung.

„Wo ist Ihr Sohn?"

Sie sprach die Worte unheimlich leise und spähte da=
bei mit irren, suchenden Augen um sich.

„Mein Sohn ist nicht daheim. Ich erwarte ihn so=
eben. — — — Aber, liebste Freundin, kommen Sie zu
sich! — Ist ein Unglück — — —?"

„Verbergen Sie ihn nicht vor mir. Ich muß ihn
sprechen . . . Ich hab' — so lange — im Schnee gestanden.
— Er soll mich nicht länger — warten lassen. — Ich geh'
nicht fort, bis ich ihn gesprochen."

Es war klar — das Weib raste.

Und die Mutter redete ihr liebevoll zu, ließ sie auf
dem Sofa niedersitzen, rieb ihr die erstarrten Glieder und
benetzte die Schläfe mit Kölnischem Wasser. Da erst kam
sie wieder zu Sinnen und erkannte, vor wem eigentlich sie
sich befand. Sie brach in ein krampfhaftes Weinen aus,
fiel der Mutter zu Füßen und gestand in wirren, ab-
gerissenen Worten, was sie verbrochen. O, sie war ja so
schwer für ihren Leichtsinn bestraft ... Er hatte sie gequält, gequält bis aufs Blut ... Nun wollte er sich nicht
mehr sprechen lassen ... Sie müsse vergehen vor Angst
und Liebe ... Sie könne nicht leben ohne ihn ... Nur
der Tod sei ihr Erlösung.

Die Mutter wischte sich den kalten Schweiß von der
Stirn. Ihr treues, ehrliches Herz krampfte sich zusammen
vor dieser Pflichtvergessenen, die sich zu ihren Füßen wand,
und doch konnte sie angesichts so großen Elends ihr Mitleid nicht zurückdrängen. Doch als die Knieende, die dar-
gereichten Hände mit Küssen bedeckend, es wagte, sie um
Begünstigung ihrer freoerischen Leidenschaft anzuflehen, da
wandte sie sich entrüstet ab.

Vor ihrem Geiste stand das Bild der zwei engelhaften
jungen Wesen, die sie noch vor wenig Tagen um die
Mutter spielend gefunden, und die Hand streng erhebend,
sagte sie: „Gehen Sie zu Ihren Kindern!“

Wie versteinert in ihrem Schmerze starrte das gerich-
tete Weib zu ihr empor. Da erklangen im Nebenzimmer
Schritte, harte, sieggewohnte Schritte. Er war heimge-
kommen.

Seine Geliebte horchte hoch auf, sprang empor und stürzte zu ihm hinein.

Die Mutter sank auf dem Sofa zusammen und preßte das Gesicht in die Polster. Wie von einem bösen Traume umfangen, hörte sie folgendes Zwiegespräch:

Er, zornig, mit mühsam gedämpfter Stimme: „Was, du hier? ... Was willst du? ... Hab' ich dir nicht streng verboten ...?"

Sie, leise und trotzig: „Ich muß dich sprechen."

„Hat meine Mutter dich gesehen?"

„Nein." Sie log, die Unglückselige, sie wußte wohl, daß, wenn sie die Wahrheit spreche, alles zu Ende war.

„Geh rasch nach Hause, damit sie dich nicht trifft ... Durch diese Thür! ... Sie darf von allen diesen Sachen nichts wissen."

„Ich muß dich sprechen."

„Ja, mein Gott, so komm heute abend nach der S.-Straße. Läute zweimal an der Thür wie früher."

„Ach nein! Du weisest mich wieder ab — oder läßt mich warten. — Heute stand ich schon zwei Stunden im Schnee. — Nein, ich muß dich sprechen; jetzt gleich."

„Also schnell! Was willst du von mir?"

Lange Pause — dann ihre Stimme unter lautem Schluchzen aufschreiend: „Curt, „was hab' ich dir gethan?"

Er (nervös): „Ich bitte dich, Kind, mäßige dich. Ich habe dir nichts vorzuwerfen — durchaus nichts. Du bist mir ein liebes, süßes Weib gewesen ... Aber du wirst einsehen — jedes Ding hat seine Zeit ... Du hast meinen

Brief doch erhalten? Es muß zu Ende sein zwischen uns. — Wir haben uns nichts mehr zu sagen."

„Du wagst es also, mich fortzuwerfen wie eine Dirne?"

„Laß doch die Vergleiche! Man findet unter den Dirnen sehr anhängliche und unter den ehrbaren Frauen sehr treulose Geschöpfe. Schließlich ist die eine nicht mehr wert als die andere."

„O, du beschimpfst mich also noch, mich, die ich dir meine Ehre, mein Glück, mein alles hingeopfert? Das ist der Dank —"

„Mein Gott, ich rede ja nicht von dir — nur von den Frauen ganz im allgemeinen . . . Ich kenne euer Geschlecht und weiß, was es verdient . . . Wir Männer haben zu schaffen und zu wirken in der großen Welt — wir brauchen unsere Kraft gegen Männer, wir sind zu gut dazu, uns von einem Weibe die Laune verderben zu lassen . . . O, ich kenn' euch! Wer euch en bagatelle behandelt, den betet ihr an, wer euch liebt, den macht ihr zum Spielzeug. Falsch und treulos seid ihr alle; daher ist's besser, man kommt euch zuvor und betrügt euch, damit man nicht betrogen werde."

„Und so sind die Frauen alle, Curt?"

„Alle!"

„Auch ich? Hab' ich dich je betrogen?"

„Mich vielleicht nicht."

„O, schmäh' mich nur, schmäh' mich nur! Aber hier auf den Knieen beschwör' ich dich!"

„Steh auf, mach' mir keine Scene!"

„Ich beschwöre dich beim Haupte deiner Mutter — —"

Er heftig dazwischen: „Nenne den Namen meiner Mutter nicht . . ."

Da fuhr die Greifin empor. — Im nächsten Augenblicke stand sie hoch aufgerichtet zwischen den Falten der Portiere. Alles Blut war aus ihrem Gesichte gewichen. — Sie glich einer Gestorbenen.

„Ja, sie soll ihn nennen — und nicht vergebens," sagte sie mit einer Stimme, in der die Qual eines brechenden Mutterherzens erzitterte.

Sie ging zu der Knieenden, und sie sanft in ihre Arme schließend, fuhr sie fort: „Stehen Sie auf, meine Tochter, und verzeihen Sie mir, daß ich vorhin hart gegen Sie war. — Das Weib soll dem Weibe helfend zur Seite stehen, denn wir leiden ja alle unter dem Fluche unserer Liebe. — Jetzt wahren Sie die Würde unseres Geschlechts, die er mit Füßen trat, und kommen Sie mit mir. Auch mich hat er beschimpft, denn er vergaß das Eine: die Mutter, die ihm das Leben gab, ist auch ein Weib. Er ließ es sie schwer büßen in dieser Stunde."

„Mutter, ich bitte dich, höre — — —" Der Blick, den sie ihm zuwarf, machte ihn verstummen.

Kaum selber im stande, sich aufrecht zu halten, führte sie seine wankende Geliebte hinaus.

Den Tag über blieb sie allein in ihrem Zimmer verschlossen. Ihr Sohn bat vergebens um Einlaß. Gegen Abend ging er aus, um sich im Weinhause zu betäuben. Als er wiederkehrte, war sie fort. Auf dem Tische lag ein Brief, die Adresse kaum leserlich von den Thränen, die darauf niedergeflossen waren.   Was er enthielt, hat nie ein Mensch erfahren.

— — — — — — — — — — — — . —

Herr v. *** ließ sich bald darauf als Landrat in eine kleine Kreisstadt des äußersten Ostens versetzen. Vielleicht lernt er dort, daß Weib und Mutter ein und dasselbe sind.

———————

„Où est l'homme?"

— — Und so glaube ich Ihnen denn den Beweis geliefert zu haben, verehrteste Freundin, daß der alte Kampf zwischen Glauben und Wissen sein Ende nie erreichen wird. Die Menschheit wird ihr lebelang die Kantsche „doppelte Buchführung" beibehalten müssen, und auch in Zeiten, die weniger mittelalterlich sind, als die unseren, werden Religion und Naturerkenntnis —

Sie schütteln das Haupt, Egeria? — Bauen Sie so fest auf die Macht des reinen Gedankens, dessen Panier Sie hochhalten, allen Toilettenfähnchen und Waschzetteln zum Trotze?

Wie sagten Sie eben? — Die Frauen? — Ach, was! — Die Frauen, meinen Sie, sollten den alten Kampf in die Hand nehmen? Das intuitive Ahnungsvermögen, das Ihrem Geschlecht in so hervorragender Weise eigen ist, soll uns über die dialektischen Schwierigkeiten hinweghelfen, in deren Abgrund noch jeder philosophische Geist rettungslos versank? Ja, teuerste Freundin, im Labyrinthe der Taktfragen, der Menschenbeurteilung, der natürlichen Lebens-

führung glaub' auch ich so fest an diese mystische Spürkraft
der Frau, daß ich mich ihr willenlos unterwerfe — nota
bene: wenn mir nur irgend Gelegenheit zur Unterwürfigkeit
geboten wird — kommen wir aber in das Reich des Be=
griffes, das in wesenlosem Scheine vor uns liegt, öb und
grenzenlos wie das Arktische Meer, welches der kalte Schein
der Mitternachtssonne beleuchtet, kommen wir in diese schöne
Gegend, so gestatten Sie mir, dem Manne, daß ich mich
als den Stärkeren fühle und die Führung übernehme.

Sie zucken die Achseln? Sie sind gewillt, das Arroganz
zu nennen? — Hm! — Sie wissen, daß, wenn wir irgendwo
in der Männerwelt etwas Geheimnisvollem, Unerklärtem
und scheinbar Unerklärbarem auf den Grund kommen wollen,
wir zu allererst fragen müssen: „Où est la femme?" Nun
das Gegenstück! Wenn ich irgendwo eine Frau voll und
ganz in einem xbeliebigen Gedankenkreise aufgehen sehe,
wenn ich bemerke, wie sie in Gesellschaft irgend einen ab=
strakten Satz mit Inbrunst und Energie verteidigt oder an=
greift, so frage ich mich stets: „Où est l'homme?" Tausend
gegen eins: ein Wesen männlichen Geschlechts steckt stets
dahinter.

Sie fordern Beispiele? Gut! — Da ist der Kreis unserer
beiderseitigen Bekannten. — Soll ich Sie an Frau Doktor
O. erinnern, für die jedes Wort Vischers ein Evangelium
ist, oder an die Baronin E., die, selber unlogisch vom Wirbel
bis zur Zehe, sich für die logischen Probleme Stuart Mills
begeistert? Sie lächeln. Sie haben mich verstanden. —
Und weiter! Soll ich Ihnen von den Professorstöchterlein
erzählen, die den Homer auswendig können und Papa die
Examenarbeiten der Schulamtskandidaten korrigieren helfen?

Als ich in Königsberg studierte, habe ich selber eines dieser
süßen Wesen kennen gelernt, seitdem gehe ich ihnen mit Vorliebe aus dem Wege. — Und mehr noch! Von meiner
Cousine Ella, die sich als Schülerin der Selekta die Doktor-
arbeit ihres Lieblingslehrers über die Katharsis des Aristoteles
von mir ins Deutsche übersetzen ließ — es wurde mir sauer
genug, sowohl wegen meiner Liebe zu Ella, als auch wegen
des schlechten Latein — bis hinauf, oder sagen wir hinunter
zur verblühten Betschwester, welche sich durch die Spitzfindig-
keiten des abgeschmacktesten Dogmas hindurchschlägt, weil
der junge Seelsorger mit dem blauen Erlöserauge und dem
wohlgeölten Haupthaar es predigt, überall finden Sie meinen
Satz bestätigt.

Und Sie selbst, verehrteste Frau! Wissen Sie wohl,
welches der erste Baustein unserer Freundschaft war? Sie
schütteln den Kopf! Besinnen Sie sich noch auf den ersten
Besuch, den ich in Ihrem Hause machte? In schwarzem
Kleide — Sie trugen noch Trauer um Ihren Gemahl —
ernst und bleich kamen Sie mir entgegen. Ihrer Hand
entfiel ein Buch, vor dem Sie gesessen. Ich hob es auf
und las: „Kants Kritik der reinen Vernunft". Ich muß
wohl ungezogen genug gewesen sein, ein wenig zu lächeln,
kurz, Sie wurden rot und sagten mit einer Treuherzigkeit,
die mich rührte und Ihnen mein ganzes Herz zu eigen
machte:

„Er hat es so sehr geliebt."

Ja, sehen Sie, liebe Freundin — — —

Wie? Sie werden ernst? Bei Gott, ich habe nicht geahnt, daß ich trübe Erinnerungen in Ihnen wachrufen würde!
— Lassen Sie mich Ihnen rasch eine kleine, lustige Geschichte

erzählen. Sie mag auch als Beleg für meinen Satz gelten. Freilich — nun, Sie verstehen mich.

Besinnen Sie sich wohl noch auf den exotischen Attaché mit dem endlos spanischen Namen, — man nannte ihn gemeinhin den schönen Don José — dessen Bilder vor etlichen Jahren die Albums der Damen und die Schaukästen der Photographen bevölkerten? Ich will Ihnen berichten, in welcher Weise dieser Mann befruchtend auf Religion und Wissenschaft gewirkt hat. Sie lächeln. Auf beide zugleich? fragen Sie. Ja wohl, auf beide zugleich. — Es ist rührend.

Wir waren mitten in der hohen Saison. Die Wogen des gesellschaftlichen Lebens gingen hoch. Zwischen Frau v. S. und Frau v. R., von denen jede gern als Königin der Saison gegolten hätte, war eine heftige Fehde entbrannt. Beide empfingen am Sonnabend, und da sie denselben Cirkel um sich versammelten, so können Sie sich das übrige an den fünf Fingern abzählen:

Keine von beiden wollte weichen. Der Attaché, der als gewiegter Diplomat die Vermittelung übernommen hatte, lief täglich dreimal hin und her — Zeit hatte er ja zur Genüge — allein seine Künste scheiterten an der Eifersucht der beiden Frauen, und schließlich wurden die Verhandlungen gänzlich abgebrochen.

Die Luft war mit Elektrizität geschwängert, man erwartete irgend einen Blitzstrahl.

Da, mitten im Trubel des Karnevals wurde die Gesellschaft durch eine rätselhafte Büßerlaune der Frau v. S. in Erstaunen versetzt. Wohl hatte sie schon seither bisweilen frömmlerische Neigungen gezeigt, aber so prononciert ins Lager der Betschwestern überzugehen — ei, ei!

Um es kurz zu sagen: Frau v. S. hatte eines schönen Tages die Intimen ihres Kreises zusammenberufen und nach einer glänzenden Rede über die religiöse Versunkenheit des Proletariats — „man" machte ein wenig in socialer Frage — dieselben aufgefordert, sich an der liturgischen Abendandacht zu beteiligen, welche unter ihrer Aegide an jedem Dienstag — dies war der beste Tag, „man" hatte Verwaltungsratssitzung — in der im fernsten Osten gelegenen Magdalenenkirche stattfinden sollte. Die anwesenden Damen waren sofort mit dem üblichen Enthusiasmus bei der Sache und hofften im stillen, sich durch Geldbeiträge loskaufen zu können.

In allen Salons sprach man bewundernd von dem religiösen Unternehmen der Frau v. S., und von Zeit zu Zeit fand sich auch jemand, der behauptete, „draußen" gewesen zu sein, wurde aber stets durch ein ironisches Lächeln in die Schranken zurückgewiesen. Ein Besuch in der Magdalenenkirche im „strapazenreichen" Monat Januar und dazu noch zur Zeit der Dinerstunde — das lag einfach jenseits der Grenzen der Möglichkeit.

Frau v. S. aber wob einen Heiligenschein um ihr aschblondes Haupt, dessen mystische Reflexe berückend in die Männerherzen strahlten.

Frau v. R. war wütend — so wütend, daß etliche besonders scharfsinnige Beobachter zu argwöhnen begannen, hier walte ein Geheimnis ob, das sich nur durch allerintimste Rivalität erklären lasse.

Man nannte unter anderen Don José, — aber wo nannte man ihn nicht? — und zudem: war Frau v. R. nicht bekannt als Freigeist, als Philosophin, die Hartmann

citierte und sogar „die Welt als Wille und Vorstellung“
gelesen haben wollte? Jedenfalls war sie nicht dazu an=
gethan, der Religion ohne Kampf den Platz zu räumen,
und in der That begann sie sich alsbald bitter über die
Nichtigkeit und Gedankenlosigkeit des gesellschaftlichen Treibens
zu beklagen, die schon so weit gediehen seien, daß man
sich abgewöhnt habe, die pietistischen Koketterien gewisser
Damen gebührend lächerlich zu finden. — Hier müsse etwas
gethan werden, um der drohenden Verflachung Einhalt zu
gebieten — die Wissenschaft sei der Rettungsanker — an
sie müsse man sich klammern. .... „Und wissen Sie was?
Wir lesen fortan an irgend einem Tage der Woche in in=
timem Kreise ein philosophisches Buch. Das wird uns
Anregung bringen und die geistige Frische wiedergeben. —
Welches Buch? — Denken wir nach! — Richtig, da ist
Buckle, ein bahnbrechender Geist — und so modern, ach,
so modern! Lesen wir Buckle! Und an welchem Tage? —
Dienstag hat Frau v. S. ihre famosen Liturgien — also
wählen wir als Gegenstück den Freitag. Das wird sie
ärgern.“

Gesagt, gethan! Die Einladungen ergingen und wurden
mit Enthusiasmus aufgenommen. Jedermann empfand plötz=
lich „geistige Leere“ und wollte sich „anregen“ lassen.

Der Kampf zwischen Glauben und Wissen hatte be=
gonnen, und fast schien es, als solle letzteres den Sieg
davontragen; denn am nächsten Freitag war der Salon der
Frau von R. überfüllt von wissensdurstigen Gemütern, die
alle auf etwas ungeheuer Pikantes gefaßt waren. Man las
das erste Kapitel, dessen Ueberschrift beginnt: „Von der
Beschaffenheit der Quellen zur Erforschung der Geschichte.“

Frau v. R. war so sehr von heiligem Eifer ergriffen, daß sie dem Vorleser keine einzige der trockenen Anmerkungen schenkte und sogar darauf drang, daß die griechischen Citate aus Plato und Diogenes Laertius gewissenhaft übersetzt und erläutert würden. Nachdem man drei Stunden lang heroisch daran gearbeitet hatte, das Gähnen zu unterdrücken, ohne in der weihevollen Stimmung durch den geringsten Imbiß gestört worden zu sein, entfernte man sich, äußerlich hoch entzückt, innerlich fest entschlossen, sich lieber rädern zu lassen, als am Freitag Abend diesen Boden wieder zu betreten.

Nichtsdestoweniger glaubte man es seiner Bildung schuldig zu sein, von Thomas Buckle ebenso, wie von Frau v. R., mit der größten Verehrung zu reden. Man identifizierte die beiden gewissermaßen, wie wenn die brünette Salondame mit dem heißen Blick und der girrenden Stimme an der Konzeption der „Geschichte der Civilisation in England" einen nicht zu unterschätzenden Anteil gehabt hätte.

Der Kampf zwischen Glauben und Wissen blieb somit unentschieden — — —

Drei Wochen waren seither verflossen, da geschah eines Freitag abends ein Wunder. Eine Dame klingelte an der Wohnung der Frau v. R., und diese Dame war niemand anders, als ihre Gegnerin und Rivalin Frau v. S.

Die öffnende Zofe maß sie mit verwunderten Augen, denn seit jener verhängnisvollen Vorlesung pflegte um diese Stunde die Schwelle verödet zu sein.

Mit einer Ausnahme freilich!

„Melden Sie mich der gnädigen Frau," sagte die Besucherin, der Zofe ihre Karte übergebend, und warf einen finster spähenden Blick nach der Garderobe hin, an deren Haken ein eleganter Herrenhut neuester Pariser Fasson und ein atlasgefütterter Ueberzieher hingen. Sie mußte beide kennen, denn als sie dieselben gewahrte, zuckte sie merklich zusammen.

„Die gnädige Frau laſſen bitten,“ ſagte die Zofe, in das Entree zurückkehrend.

Ein eigentümliches Lächeln umſpielte die Lippen der Frau v. S., als ſie den Salon betrat, der in traulichem Halbdunkel, von einer purpurn umſchirmten Lampe träumeriſch erleuchtet, vor ihr lag.

Frau v. R. hatte ſich erhoben, um den ſeltenen Gaſt zu begrüßen. Ihre Wangen glühten in dunkler Röte, und über das roſige Ohr hingen in reizender Verwirrung ein paar ihrer ſchönen, kaſtanienbraunen Löckchen herab.

Sie war nicht allein. Hinter ihr ſtand — Don Joſé und ſtudierte mit vieler Aufmerkſamkeit die Arabesken des Teppichs.

„Die Religion macht der Wiſſenſchaft ihren Beſuch,“ ſagte Frau v. S., ſich tief vor der Hausfrau verbeugend. „Ah, Don Joſé, Sie auch hier?“ wandte ſie ſich zu dem Attaché, der noch immer nicht wagte, den Blick vom Boden zu erheben. „Sie verſicherten mir doch neulich, Sie ſeien nicht zu den Heiden übergegangen?“

Dann warf ſie ſich in einen Fauteuil, und ein Lächeln der liebenswürdigſten Nachſicht auf den Lippen, fuhr ſie fort: „Doch bitte, laſſen Sie ſich nicht ſtören. Ich bin begierig auf die Weisheit, die Ihr Philoſoph Ihnen predigt. Und vielleicht, vielleicht laſſ' ich mich bekehren!“

Die Blicke der Hausfrau und Don Joſés kreuzten ſich,

glitten hilfesuchend nach dem Bücherschrank hinüber und
senkten sich dann auf die Tischplatte nieder, auf welcher ein
halb zerpflückter Veilchenstrauß, eine zerbrochene Busennadel
und ein lässig hingeworfener Herrenhandschuh — aber kein
Buckle lag.

„Wir hatten noch nicht begonnen!" sagte Frau v. R.,
sich mühsam fassend.

„Ah, Sie warteten auf mich, nicht wahr?" erwiderte
Frau v. S. mit hellem Auflachen und ergriff, gleichsam
spielend, die zerbrochene Nadel.

Die war der Krawatte Don Josés entfallen.

*   *   *

Es war am Dienstag der darauf folgenden Woche.

Schon den ganzen Tag über hatte es gestürmt, ge-
regnet und geschneit, und am Abend schien das Unwetter
noch ärger zu werden. Die Scheiben der Gaslaternen
klirrten im Sturme, die Flammen flackerten ängstlich, und
zwischen den Steinen des Pflasters glitzerten blanke Pfützen.

Es war die Stunde des Feierabends. Die Werkstätten
hatten soeben zur Ruhe gepfiffen. Auf den Straßen des
Viertels drängten sich dürftig gekleidete Arbeiter, die in die
erstarrten Fäuste hauchten, und bleiche Fabrikmädchen, welche
die dünnen Tücher über die Köpfe zogen, um sich vor den
eisigen Tropfen zu schützen.

Aus den Schnapsläden drang wüstes Schreien. Darein
hallte von Zeit zu Zeit gedämpftes Orgelrauschen, welches
der Lärm immer wieder erstickte. Es kam aus der daneben-
liegenden Magdalenenkirche, deren massiver Bau in schwarzen
Umrissen zum Nachthimmel emporstieg. Aus ihren Fenstern

fiel matter Lichterschein. Die liturgische Abendandacht hatte soeben begonnen.

Auf dem Trottoir, nahe der Kirche, stand mitten im Sturme eine dichtverschleierte Dame, deren elegante Erscheinung gar seltsam mit dieser Umgebung kontrastierte. Das fiel auch den Vorübergehenden auf. Die Fabrikmädchen musterten sie mit Blicken stumpfer Neugier, und einer und der andere der Arbeiter erlaubte sich, ihr mit frecher Gebärde unter den Schirm zu gucken. Dann sandte sie jedesmal einen unruhigen Blick nach der anderen Seite der Straße hinüber, wo eine vornehme Karosse wartend stand — aber sie rührte sich nicht vom Platze.

Jedem Wagen, der dahergerollt kam, blickte sie mit ängstlicher Spannung entgegen und schien enttäuscht, wenn er vorüberfuhr.

Da — gegen ein halb sieben Uhr — näherte sich in langsamem Tempo eine dichtgeschlossene Droschke, die ungefähr dreißig Schritt vor der Kirche Halt machte. In atemloser Hast eilte die Dame nach jener Stelle hin und stand bereits neben dem Gefährt, als dessen Schlag sich öffnete und eine gleichfalls dichtverschleierte Dame ihren Fuß auf das Trittbrett setzte.

Die Blicke der beiden trafen sich . . .

„Die Wissenschaft macht der Religion ihren Gegenbesuch,“ sagte die Wartende, mit tiefer Verbeugung ihren Schleier emporschlagend. Die dunklen Augen der Frau v. R. leuchteten triumphierend darunter hervor.

Die Dame auf dem Trittbrett stieß einen Schrei aus und wankte; doch schnell gefaßt sprang sie herab und schlug den Schlag hinter sich zu. Allein der Blick der anderen

war schneller gewesen, er hatte im Innern eine Männer-
gestalt entdeckt, die in der dunkelsten Ecke des Hintersitzes
zusammengekauert dasaß.

„Nun, steigt Don José nicht auch aus?" fragte sie
sehr freundlich, sich zu der Ankommenden wendend.

Allein der Kutscher schien eine andere Ordre erhalten
zu haben. Er fuhr spornstreichs mit ihm von dannen.

$$* \qquad * \qquad *$$

Sie sehen, meine verehrteste Freundin, so war der
exotische Attaché mit gleichem Opfermute für die beiden
feindlichen Mächte des Glaubens und des Wissens thätig.

Wer schließlich den Sieg davongetragen? — Ich weiß
es nicht.

Wie dem auch sei: le diable n'y perd rien.

———

Noli me tangere.

Guten Abend! — Mir scheint, Sie haben heute etwas vor. Es duftet im Korridor so eigentümlich nach Eau de Cologne und Bügeleisen. — Auf den Ball wollen Sie gehen . . .? So, so — adieu!

Bleiben soll ich, soll Ihnen, bis die Friseurin kommt, die Zeit vertreiben? Und wenn Sie mir ein tête-à-tête bis Mitternacht versprächen, ich liefe doch davon, solange Friseurin und Jungfer im Hintergrunde lauern. Mit zwei so einflußreichen Damen kann unsereins nicht konkurrieren. Oder soll ich etwa die paar bescheidenen Chancen, die ich bisher bei Ihnen hatte, mutwillig aus den Händen geben? —

Nein, nein, ich geh' auf der Stelle.

Oder vielmehr, ich bleibe, damit ich Ihnen beweise, warum es gut ist, daß ich nicht bleibe.

Ich könnte dabei mit Adam und Eva beginnen und Ihnen sagen: Wäre Eva zur richtigen Zeit auf die Idee gekommen, daß es für das Weib geraten ist, sich dem Manne seiner Wahl so schön geputzt wie möglich zu präsentieren,

jenes folgenschwere Ereignis, das die Bibel den „Sünden=
fall" benennt, hätte niemals stattfinden können. Ihr Inter=
esse wäre von Anfang an durch die kleinen Künste der
Toilette so sehr in Anspruch genommen worden, daß sie
den Zweck derselben vollkommen außer acht gelassen und
Adam niemals Gelegenheit gefunden hätte, in den süßen
Apfel zu beißen.

Ich könnte ferner, um beim Obste zu bleiben, den
braunlockigen Hirten des Ida in den Kreis meiner Be=
trachtungen ziehen, aber ich glaube, diese Philosophie der
Geschichte würde uns zu weit führen.

Halten wir uns an die Gegenwart!

Wenn der Mann, frisiert und parfümiert mit dem
ganzen Apparat modischer Unarten ausgerüstet, zum Balle
geht, so träumt er sich in ritterliche Romantik hinein und
schmiedet aus sich einen Helden — den Helden, den er be=
greift. — Die Frau macht eine andere Wandlung durch.
Sie wird zur Statue.

Ja, zur Statue, sag' ich. Oder haben Sie noch nie
bemerkt, mit welch lebloser Starrheit in Mienen und Ge=
bärden das Gros der Frauen einen Ballsaal betritt? Wie
leer selbst der leuchtendste Blick, wie automatenhaft selbst
das bezauberndste Lächeln?

Was diese Erscheinung bewirkt, weiß ich nicht. Ob das
landläufige Weiß des Festgewandes mit seinen steinern fest=
gelegten Falten, ob der marmorhafte Schimmer des ent=
blößten Busens, der sich hier in antiker Unbefangenheit
profanen Männeraugen preisgibt — ich lass' es dahin=
gestellt. — Vielleicht ist es latentes Schamgefühl ob dieser
Blöße, vielleicht jener geheimnisvolle Instinkt der Mimicry,

derselbe Instinkt, der die Schmetterlinge bewegt, Form und Farbe lebloser Blätter anzunehmen, um sich vor nachstellenden Blicken zu schützen, vielleicht — und dafür würde ich am ehesten plaidieren — das Uebermaß der Eitelkeit selber, das geradezu versteinert wirkt.

Wie meinen Sie? Ich solle keinen Unsinn schwatzen? — Ich red' im Ernst, in heiligem Ernst. — O, ich weiß, was Sie mir einwerfen wollen: ob denn ein Ballgewühl mit seinem Kreuzfeuer glühender Blicke, mit seiner wild-graziösen Lässigkeit und dem wellenschlagenden Meer fiebernder Atemstöße einem Saal voll toter Statuen gleiche?

Hören Sie mich nur weiter! Mein Bild hat sich gar bald geändert. Denn kaum sind die ersten Klänge durch den Saal gerauscht, kaum haben die ersten Hände in leisem Drucke sich gefunden, so beginnt langsam und unwiderstehlich der Prozeß der Wiederbelebung, jene entzückende Auferstehung des Fleisches, die ihren jüngsten Tag am jungen Tage feiert.

Das Weib, das in der Dämmerung des Toilettenzimmers beim Rauschen und Rieseln des neuen Festgewandes, beim schmeichlerischen Widerschein des matterhellten Spiegels zu Marmor erstarrte, jetzt wird es wieder zum Weibe. — Mancher walzende Pygmalion sieht die Galatea, die er als Statue empfing, an seiner Brust zu heiß atmendem Leben erwachen, und was in Eitelkeit begann, endet in Liebe.

Wehe aber dem Manne, der es nicht versteht, den Zeitpunkt der Wiederbelebung abzuwarten, der es wagt, mitten in die Hypnose der Eitelkeit mit täppischen Gefühlen hinein zu greifen! Gefahren warten seiner — Gefahren —

Sie lachen mich aus. Das ist kein schöner Zug von
Ihnen, das fordert Rache. — Und da ich den Dolch stets
im Gewande trage, so will ich Ihnen auf der Stelle —
eine Geschichte erzählen. Härter kann eine Frau, die auf
den Ball gehen will, wohl kaum bestraft werden. — Also:

Einer meiner ältesten Bekannten in Berlin ist Robert
F . . ., der begabte Historienmaler, derselbe, dessen vorvor-
jähriges Bild: „Gruppe aus dem Tartarus" haarscharf an
der Medaille vorüberschlüpfte.

Ich kannte ihn noch von unseren gemeinsamen Studien-
jahren her, als er in einer fürchterlichen Flausjacke mit lang-
wallenden Locken und schwärmerischem Augenaufschlag zum
Aktsaal wanderte. — Wir haben dazumal zu mancher späten
Nachtstunde im „Café latin" mitsammen am Biertische gesessen und uns mit glühenden Gesichtern die titanischen
Ideen offenbart, die in unseren unreifen Hirnen spukten.

Sodann verloren wir uns aus dem Gesichte, und als
ich ihn nach Jahren wieder traf, waren die Locken gefallen,
und die schwärmerischen Augen blickten hinter goldenem
Klemmer scharf und weltklug in die Runde. Auch trug er
einen Frack, dessen Schnitt die fashionable Herkunft nicht
verleugnete, und was mehr sagen will, er verstand ihn zu
tragen.

Wir setzten uns in einen Winkel, warfen wehmütig
spottend den begrabenen Idealen eine Hand voll Erde nach
und erneuerten die alte Freundschaft.

Bald darauf hörte ich seinen Namen häufiger an mein
Ohr schlagen. — Man sprach viel von seinen Bildern, aber
mehr noch von den Aufmerksamkeiten, welche er der schönen
Frau Edith X. — Edith genügt wohl? — erwiesen haben

sollte. — Man wußte sich allerhand kleine, pikante Sächelchen
zu erzählen, wie er heimlich in dem Wagen gesessen habe,
der sie aus der Oper holen kam, wie er mit ihr en deux
auf einer Mondscheinpromenade am Neuen See betroffen
worden sei, und war gütig genug hinzuzufügen, daß sein
Ruf dadurch keinen Schaden nehme.

Ich hielt es für meine Pflicht, ihn bei unserem nächsten
Zusammentreffen schonend von dem Geträtsche zu unter-
richten.

„Es ist ihre Schuld," murmelte er zwischen den Zähnen,
„warum zögert sie?"

„Sie lieben diese Frau?"

„Ich bete sie an." Und in seinen Augen erglomm ein
Schimmer der alten Jugendschwärmerei.

Wenige Tage darauf — an ihrem jour fixe — führte
er mich bei Frau Edith ein, und ich sah mit eigenen Augen,
wie die Sachen standen.

Frau Edith war Witwe, eine von den begnadeten
Witwen, die der liebe Gott eigens für diesen Beruf geschaffen zu haben scheint, wie ich — in Parenthese — überhaupt der Ansicht bin, daß das junge Mädchen bereits als
junge Witwe auf die Welt kommen sollte.

Frau Edith war schön, — das Gerücht sprach nicht zu
viel von ihr. Noch sehe ich sie vor mir, wie die hohe Gestalt, die am Kamine unter einem Baldachin von Pfauenfedern nachlässig im Sessel ruhte, sich langsam in graziöser
Trägheit aufrichtete, den Fremdling zu empfangen, wie das
volle, blasse, dunkeläugige Antlitz, das die matt umschirmte
Lampe mit rosigem Schimmer überhauchte, sich zu einem
scheinbar vielsagenden Lächeln des Willkomms verklärte und

dann wieder in Ernst erstarrte. — Wahrlich, sie überstrahlte alles, was an Weiblichkeit in ihrem Salon sich bewegte, und wiewohl sie die Anspruchslosigkeit der Wirtin nie verletzte, so vernahm ich doch gar bald, was Pfauenwedel und Lampenschleier mir zuflüsterten, und erkannte, daß Frau Edith nicht umsonst bei Künstlern in die Schule gegangen war.

Seither verkehrte ich viel und gern bei ihr, und nie hatte ich einen verlorenen Abend zu beklagen, stand doch ihre Thür allen offen, die sich durch Geist oder künstlerische Leistungen zu legitimieren wußten. Der Ton war nicht allzu strenge, aber auch nicht so lax, daß man versucht gewesen wäre, sich gehen zu lassen; und wenn sie von ihrem Throne aus einen gewahrte, der gar zu oft die Hände küßte oder sich gar zu nah nach einem rosigen Ohre hinüberneigte, so winkte sie ihn mit entzückender Vertraulichkeit in ihren Kreis, indem sie sagte: „Lieber Freund, die Herren hier sind so furchtbar langweilig, — machen Sie mir ein bißchen den Hof — Sie verstehen's ja."

Dies hieß ungefähr: „Du bist unartig gewesen, mein Sohn, stell' dich in den Winkel."

Doch um auf meinen Freund F . . . zurückzukommen: in diesem Salon mit den Pfauenfedern galt er richtig schon als Hausherr, — pflegte doch, wer hinsichtlich des Büffetts von einigen Wünschen beseelt war, sich vertrauensvoll an ihn zu wenden. — Man war sich klar darüber, daß die Verlobung binnen kurzem publik werden würde, und auch ich zweifelte nicht daran.

Da — auf dem Künstlerfeste, das im Centralhotel gefeiert wurde, bemerkte ich, daß er in eigentümlicher Weise um sie herumschlich und sich ihr nur näherte, wenn es galt, zu repräsentieren. Das wunderte mich um so mehr, als er zu dem Feste eigens aus Thüringen herübergekommen war, wo er den melancholischen Speisesaal eines alten Fürstenschlosses mit griechischen und römischen Gelagen zu erheitern hatte.

Am anderen Morgen besuchte ich ihn, aber er war in der Frühe schon wieder abgereist.

Die Wochen vergingen, F... kehrte zurück; aber der Stuhl gegenüber den Pfauenfedern, den wir anderen ihm rücksichtsvoll zu reservieren pflegten, blieb leer ...

Und ein Vierteljahr später überraschte mich ein Kärtchen:

Frau Edith X.
Kommerzienrat Y.
Verlobte.

Das war im Frühling. Im Sommer darauf fand die Vermählung statt, bei welcher ein Toast auf Frau Ediths nächste fröhliche Wittwenschaft, von einem unserer geistvollsten Bankiers in Weinlaune gehalten, gerechtes Aufsehen hervorrief; und als das junge Paar im Herbste aus Capri zurückkehrte, wo Herr Y. im Angeln überraschende Resultate erzielt haben soll, öffnete Frau Edith ihre neuen Salons einer Geselligkeit in großem Stile.

Die alten Freunde fanden sich vollzählig ein, versuchten eine Weile der zudringlichen und protzenhaften Gastfreundschaft des Herrn Y. gegenüber stand zu halten und blieben dann einer nach dem anderen aus. So auch ich. F. war der einzige, der nie zu sehen gewesen.

Und wieder kam das Künstlerfest heran.

Es war noch früh am Abend. Erst allmählich begann
der große Saal des Wintergartens sich zu füllen, der in
dem blaßblau verschleierten Lichte seiner elektrischen Sonnen
gar seltsam und exotisch dreinschaute.

Einer der ersten, die mir entgegentraten, war Freund F.
Froh, ein vertrautes Gesicht zu sehen, hing ich mich an
seinen Arm, ging mit ihm eine Weile vor den maurischen
Säulenhallen spazieren, die strebsame Akademiker mit viel
Gold und noch mehr Pappe an den Wänden hervorgezaubert
hatten, ließ das flimmernde Naß der Fontäne über mich
herstäuben und blieb schließlich an seiner Seite auf der
Terrasse der großen Treppe stehen, wo, wie Sie wissen, der
ganze Schwarm der Ankommenden defilieren muß.

Eine Flut von Spitzen, Mull und Samt wogte an
uns vorüber, eine Flut, auf der Brillanten funkelten wie
Sonnenlichter, die spielend über die Wellen huschen, und
aus welcher bald ein Arm, bald eine Schulter weißleuchtend
emporstieg, als solle die Geburt Angbyomenens sich hier
erneuen und vervielfältigen.

F.'s Künstlerauge schwelgte, und mein Laienauge nicht
minder.

Und plötzlich fühlte ich ein Zucken seines Armes, der
sich hastig aus dem meinen löste. Eh' ich ihn fragen konnte,
war er von meiner Seite verschwunden und in das Gewühl
der hinteren Reihen zurückgetreten.

In diesem Augenblicke traf mich der leichte Schlag
eines Fächers.

Frau Edith, am Arme ihres wohlbeleibten Gatten,
rauschte an mir vorüber.

Sie war schöner denn je. Ihr schwarzes Auge brannte

in sieghaftem Feuer, stolz wiegte sich ein Solitär in ihren
locker geschlungenen Flechten, und die dunkelroten Centifolien
die in S-förmiger Guirlande von der linken Achsel bis zur
Taille hinuntersanken, schienen ihre Kelche der blendenden
Haut wie zum Kuße entgegenzuneigen.

Ich schlug in schuldiger Ekstase die Augen zum Himmel.

Sie quittierte mit einem Lächeln, und ihr Gatte mit
einer Einladung zum Abendbrot.

Ich dankte. Ich lehne gewöhnlich ab, wenn er mich
einladet.

Während diese Verhandlung ihr rasches Ende fand,
bemerkte ich, wie Frau Edith mit zerstreuter, wartender
Miene an mir vorüberspähte und dann plötzlich mit leisem
Neigen den bezauberndsten, den vielsagendsten ihrer Grüße
in die Ferne sandte.

Unwillkürlich wandte ich mich um. Da stand F., der
die Reihen nicht hatte durchbrechen können, lächelnd, doch
blaß vor Erregung, wie erstarrt in der devoten Verbeugung,
mit der er das Weib seines Herzens begrüßt hatte.

Und eine Sekunde später hatte das Gewühl sie alle
verschlungen.

Eine halbe Stunde verging, da fand ich F . . . in
dem Winkel eines der Vorsäle einsam vor einer Rotwein=
flasche sitzen.

Ich holte mir ein zweites Glas und setzte mich ihm
gegenüber.

„Haben Sie Vertrauen zu mir, alter Freund,“ sagte
ich, „es wird Ihnen leichter ums Herz werden.“

„Ich wünschte, ich hätte Ihnen etwas zu vertrauen,“
erwiderte er mit grellem Auflachen.

„Und Sie lieben sie nicht mehr?"

„Wer seine Liebe verkauft, der hat das Recht auf Liebe verwirkt."

„Warum also brüten Sie vor sich hin?"

„Weil ich ein Rätsel lösen will."

„Welches Rätsel?"

„Wie ich mit ihr auseinander kam."

„Das wissen Sie nicht?"

„Ich ahne es nicht einmal."

Verständnislos sah ich ihn an. Mir war, als ob er ein Märchen erzähle.

„Hören Sie zu," fuhr er fort. „Vielleicht sind Sie im stande, Licht in dieses Dunkel zu bringen. — Ich habe dieses Weib geliebt, — das wissen Sie — zwei Jahre lang scheu und verschwiegen; und als ich mir endlich ein Herz faßte und ihr mit schüchterner Werbung näher trat, da bot mir ein freundliches Lächeln, ein verstohlener Händedruck Hoffnung auf höchstes Erdenglück. — Aber unsere Beziehungen änderten sich darum nicht. Und wenn sich ihre Seele mir auch ganz eröffnete, wenn beim Alleinsein auch hier und da eine bescheidene Liebkosung gewährt und wohl gar erwidert wurde, mehr als ein treuer, anspruchsloser Freund ward ich ihr nicht. Meinen Heiratsplänen aber ging sie aus dem Wege, und sie that recht daran, denn meine Position war noch nicht derart, uns beiden ein behagliches Dasein zu sichern. So vergingen anderthalb Jahre.

Da kam im vorigen Herbste meine Berufung nach Schloß Eckartsburg, von der Sie wissen. — In dem düstern, himmelhohen Saale, in dessen plumpen Kaminen von morgens früh bis in die Nacht mächtige Scheiterhaufen brannten, damit mir und meinen Gehilfen der Pinsel nicht aus den erstarrten Fingern falle, stand ich während der knappen Tagesstunden, wie im Traume schaffend, auf dem hohen Gerüste und ließ meine Sehnsucht in kecken, glutatmenden Gebilden auf die kahlen Wände hinausströmen, rosenbekränzte Weiber, halbnackte Thyrsosschwingerinnen, das ganze holde Gesindel des Genusses. Und je mehr ich malte, desto mehr entzündete sich meine Phantasie, so daß sie wie im Fieberrausch dahinschritt. Und von diesem Fieberrausch durchtränkt waren auch die Briefe, die ich an den langen Winterabenden in der öden, hochgewölbten Halle meines Schlafzimmers an die Geliebte richtete. — All' die Leidenschaft, die ich mehr als ein Jahr lang mühsam zurückgedrängt hatte, kam nun jählings zum Durchbruch.

Hinterher erschrak ich ob der Glut dessen, was ich geschrieben, und die Furcht erfaßte mich, daß ihre Neigung sich nun in Widerwillen verwandeln könne. Ich wollte per Eilboten Entschuldigungsbriefe hinterher senden, sie solle nicht allzu strenge mit mir ins Gericht gehen, nicht ich sei's, der so zu ihr zu sprechen wage, der ruhige, bescheidene Freund, den sie von jeher gekannt; ein Wahnwitziger sei's, dem ein Bacchantenreigen den armen Kopf verrückt habe. Aber diese Briefe blieben ungeschrieben.

Als ihre erste Antwort kam, zitterte ich wie ein Schulbube. — Aber Gott sei gelobt: sie zürnte nicht. Nein, zwischen den Zeilen leuchtete ein schalkhaftes Lächeln hervor, und zum Schlusse gar stand — ich sah's mit diesen meinen trunkenen Augen, — stand ein langersehntes, stets verweigertes „Du".

Sudermann, Im Zwielicht.   12

Freund F... unterbrach sich und maß mich mit strafendem Blicke. „Wenn Sie hier lächeln wollen," sagte er, „erzähl' ich überhaupt nichts mehr." — Ich versprach es nicht wieder zu thun, und er fuhr fort:

„Dem Briefe folgte ein zweiter, ein dritter; bald schrieb auch sie mir täglich. Und von Tag zu Tag erkannte ich mit wachsendem Entzücken, wie auch sie Feuer zu fangen begann, wie ein mühsam gedämpftes Liebesbedürfnis in abgebrochenen Zwischenreden, verstohlen zwar, doch öfter und öfter emporloderte.

Zu derselben Zeit kam das Künstlerfest heran, das ich dieses Mal nicht mit ihr zusammen feiern sollte. Und um wie viel stolzer und freier hätte ich nun an ihrer Seite daherschreiten können, ein glücklicher Mann des Besitzes! Aber es durfte nicht sein.

Und sie schrieb:

„Komm, Lieber, komm! Ich sehne mich nach Dir — komm zum Feste! An Deinem Arme will ich den Saal durchwandeln! An Deinem Arme will ich ihn verlassen, glücklich, dem Getümmel entronnen zu sein! Komm, verscherze Dein Glück nicht — komm!"

Ich schlug mir mit der Faust vor die Stirn. Verstand ich recht oder träumte ich — sah ich Visionen?

Aber die Pflicht, die Pflicht! Wenn man hörte, daß ich die angefangene Freske im Stiche gelassen habe, um eines Balles willen! Meine Künstlerehre stand auf dem Spiel.

Ein kurzer, harter Kampf, und — ich schrieb ihr ab.

Der Morgen des Festes kam heran. Ein trüber, naß=

kalter Februarmorgen. — Um zehn war es noch nicht Tag geworden.

Ein dumpfer Kopfschmerz wühlte mir im Hirn, und die Finger zitterten im Fieber des Ueberwachtseins.

„Wie? Wenn du krank wärest und doch nicht arbeiten könntest!" rief der Versucher in mir, „zudem bedenke die Dunkelheit — um drei wirst du doch schon Feierabend machen müssen."

Dann packte mich eine plötzliche Wut. Ich schleuderte mein Handwerkszeug zur Seite, kleidete mich um und stürmte thalab zur Bahn hinunter. In einer Viertelstunde kam der Zug. Wenn ich ihn zur Zeit erreichte, konnte ich noch vor dem Balle in Berlin eintreffen.

Alles ging gut. Vom Coupé aus richtete ich ein Telegramm nach dem Schlosse, worin ich meine Abreise ankündigte und morgen wiederzukommen versprach, wiewohl ich im geheimen zweifelte, daß das geliebte Weib mich alsobald aus ihren Banden lassen werde.

Aber ich war in einer Laune, Ruhm und Zukunft, selbst das verpfändete Wort um ihretwillen daran zu geben.

Während der Fahrt saß ich regungslos in einen Winkel gedrückt und träumte mit geschlossenen Augen von dem Momente des Wiedersehens. Wie wird sie aufjauchzen, wie wird sie dir in die Arme stürzen, sie, die nichts von deinem Kommen ahnt, die sich mißmutig zum Balle schleppen läßt, weil sie keinen Grund zum Daheimbleiben findet.

Um sieben Uhr fuhr der Zug in die Bahnhofshalle.

Ich werfe mich in eine Droschke — eile in meine

Wohnung, bin in zehn Minuten ballmäßig umgekleidet und
steh' um acht Uhr vor ihrer Thür.

Werd' ich zur Zeit kommen? Werd' ich sie noch zu
Hause finden?

Ihr Zöfchen öffnet mir, das Brenneisen in der Hand.

„Die gnädige Frau?" flüstere ich.

„Bei der Toilette," gibt sie mit schlauem Blicke in
gleichem Flüstertone zurück. Sie hat die Situation begriffen.

Ich drücke ihr ein Geldstück in die Hand, groß genug,
um sie mir für eine halbe Stunde zur Sklavin zu machen.

„Aber nichts verraten, Kind!"

„I, wo werd' ich denn!"

Sie faßt mich bei der Hand, denn im Korridor ist's
heute dunkel, und führt mich auf Zehenspitzen in den kleinen
roten Salon — Sie wissen — der neben Ediths Schlafzimmer liegt.

Dort drückt sie mich in einen Sessel.

„Pst — keinen Laut von sich geben!" flüstert sie.

Ich halte den Atem an. Das Herz klopft mir, als
sollt' es die Brust in Stücke sprengen.

„Nun, Gustel, wo bleiben Sie?" hör' ich eine liebe,
heißersehnte Stimme.

„Komm' schon, gnä'ge Frau."

Sie hat rasch eine Lampe angezündet und schlüpft
durch die Seitenthür, ja, sie thut noch ein Uebriges, die liebe
Kleine, sie läßt diese Thür halb offen, so daß ich durch den
schmalen Spalt der Angeln einen Teil des nebenliegenden
Gemaches überschauen kann.

Ein Licht — das Stück eines Spiegels — und weiter unten etwas Weißes, das sich ein wenig hin und her bewegt — der Saum des Pudermantels sonder Zweifel, der über die Stuhllehne gebreitet ist.

Tiefatmend beug' ich mich zur Seite. Nun seh' ich auch ihren Kopf, den blumengeschmückten, seh' den weißen Nacken, den der gefältelte Kragen des Pudermantels in tiefem Bogen umrahmt.

Die Kehle schnürt sich mir zu in freudigem Bangen.

„Wer war denn da?" hör' ich wiederum ihre Stimme.

„Der Zeitungsmann," antwortet die kleine Katze in gleichgültigstem Tone. „Er hat vorhin die Post statt des Kuriers abgegeben und wollt' nun man bloß —"

„Beeilen Sie sich, Kind, die Uhr hat acht geschlagen," unterbricht sie Edith.

Ja, beeil' dich, beeil' dich, Kind, gib deinen Händen Flügel, sonst muß ich vergehen in meiner Qual!

Der Pudermantel bewegt sich, und ein blendender Arm hebt sich zum Haupte.

„Diese Flechte muß weiter in die Stirn."

Ein schwarzer Schatten fährt an dem Spalt vorbei, dann steigt zischend ein kleines Wölkchen auf.

„Nicht zu heiß?"

„Nein, gnä'ge Frau!" Dann nach einer Weile: „Ist's so gut?"

„Ja. — Nun das Kleid."

Ein leises Knirschen und Rascheln bringt an mein Ohr, dann füllt sich der Spalt mit einem gelblichen Nebel, aus welchem wie Mondlichtstrahlen die Reflexe schillernden Atlaszeuges hervorbrechen.

Der Nebel wogt und fällt, und Hals und Arme steigen leuchtend wie Gletscher daraus empor.

Ich muß meinen Ueberrock abwerfen, denn diese Gletscher beginnen es mir heiß zu machen.

Nun wird, nun muß sie doch kommen!

„Ein wenig Puder noch!"

„Ich brauch' keinen Puder," möcht' ich rufen, „ich will dich ungepudert in meine Arme schließen."

„Und nun die Rosen."

Der Teufel hole die Rosen!

Und dann wird's still. Herrin wie Dienerin sind aus meinem Gesichtsfelde verschwunden; nur hin und wieder hör' ich ein leises Klirren, wie wenn eine Metallnadel auf einen steinernen Boden niederfällt.

Und das dauert — das dauert! Vor meinen Augen flimmert's — der kalte Schweiß steht mir auf der Stirn.

Endlich ist sie fertig. Ich höre ihren Schritt, der, als wolle sie die Tanzschuhe prüfen, bald laut, bald leise, bald auf dem Absatz, bald auf den Zehen, quer durch das Zimmer gleitet; ich sehe die schillernde Gestalt, die, wie im Takte sich wiegend, am Spalte vorüberhuscht und dann vor dem Spiegel Halt macht.

„So — jetzt gehen Sie den Wagen besorgen, mein Kind! Die alten Herrschaften warten, daß ich sie abhole."

Gustel schlüpft herein, schneidet mir leise auflachend eine Grimasse und verschwindet durch die Korridorthür.

Weiß Gott, das Schicksal verwöhnt mich. Auch das letzte Hemmnis schafft es beiseite.

„Edith, Edith!" will ich rufen. Mit Gewalt muß

ich mich an meinem Sessel festhalten, damit ich nicht im
letzten Augenblicke den sorgsam aufgebauten Plan zerstöre.

Noch steht sie vor dem Spiegel, die Puderquaste in
der Hand, tupft hier etwas auf, wischt dort etwas fort —
seufzt — trällert — gähnt auch ein wenig. — Wie soll
sie nicht gähnen? denk' ich, ahnt sie doch nicht, wen dieses
Fest ihr bringen wird.

Nun naht sie der Thür. — Das Herz droht mir stille
zu stehen — — —

Da ist sie. Strahlend, rosenbekränzt, gleich den Weibern auf meinem Bilde, und doch wie ruhig, wie hoheitsvoll, wie unnahbar kühnem Begehren.

Sie sieht mich. — Ein kleines erschrockenes „Ah!"
entfährt ihrem Munde — — —

Ich schrei' laut auf — ich breite die Arme aus —
ich stürz' auf sie zu, und — Freund, in diesem Augenblicke saust der Schwertstreich auf mich herab.

„Aber bitte — — —!" sagt sie, und drei Schritte
zurücktretend, streckt sie in kühler Abwehr die Hände gegen
mich aus.

„Edith!" schrei' ich noch einmal.

Ich taumle zurück — ich presse die Fäuste vors
Gesicht — — —

Sie scheint sich zu besinnen und will mir in gemessener
Freundlichkeit die Rechte zum Willkomm reichen.

Ich aber lache laut auf, raffe Hut und Mantel zusammen und stürze zur Thür hinaus. — — —

Was war geschehen, das sie mir so rasch hatte ent-
fremden können! War ein anderer gekommen?

Die Eiferſucht ſchnürte mir die Kehle zu — wie ein Wilder raſte ich durch die Straßen. — Am liebſten wär' ich dem Balle ferngeblieben, wär' auf der Stelle zurückgereiſt, aber den Triumph mocht' ich ihr nicht gönnen.

Ich that alſo, als ob nichts geſchehen wäre, und als ich ſie zwei Stunden ſpäter im Kreiſe ihrer Verehrer vorfand, war ich ſo höflich zu ihr, als es die Höflichkeit irgend geſtattete.

Sie vergalt mir mein Benehmen durch die entſprechendſte Kühle, und als wir nach Mitternacht ſchieden, waren wir fertig miteinander, ohne daß auch nur ein böſes Wort geſprochen worden.

Ein Vierteljahr ſpäter wechſelten wir auf ihren Wunſch die Briefe aus, und — voilà tout."

Er ſchwieg und ſtarrte mit verbiſſenem Lächeln in ſein Glas.

„Und Sie haben nie eine Aufklärung gefordert?" fragte ich, noch ganz beſtürzt über den rätſelhaften Ausgang.

„Was ſollt' es nützen?" erwiderte er achſelzuckend. „Dieſes Weib weiß genau, was es will. Während ich, ihren letzten glühenden Brief auf dem Herzen, fiebernd vor ihrer Thür ſaß, war ſie ſicherlich ſchon längſt entſchloſſen, mir den Laufpaß zu geben. — Nur das „Warum?" möcht' ich kennen, das „Warum?"

„Vielleicht ſpielt ihr jetziger Gatte —"

Er ſchüttelte haſtig den Kopf. „Danach hab' ich mich wohl erkundigt," erwiderte er, „den hat ſie erſt ſpäter kennen lernen. Wenn Sie keinen anderen Grund in petto haben, Sie, der Sie Menſchenkenner ſein ſollen!" —

Ein Gedanke schoß mir durch den Kopf.

„Wissen Sie was, F...? ich werde sie selber fragen."

„Sie wollten, Mensch, Sie wollten?"

„Ganz einfach — hier — gleich."

*   *   *

Nun, gar so einfach war die Sache nicht, und fast zwei Stunden brachte ich lauernd in Frau Ediths Nähe zu, um einen günstigen Augenblick für mich zu erraffen. — Jetzt that es mir beinahe leid, die Einladung ihres Gatten so schroff zurückgewiesen zu haben; aber daran ließ sich nichts mehr reparieren.

Ich wartete also, bis an seinem Tische, wo eine geräuschvolle Lustigkeit sich breit machte, die Cigarren angezündet wurden.

„Ah, da sind Sie ja, Sie Ausreißer!" schrie der Kommerzienrat mir von weitem entgegen. — „Nun kommen Sie zu spät — die Hummern waren sehr gut. — Ausgezeichnet waren die Hummern. — Wollen Sie noch welche?"

Ich bedauerte, ich habe bereits zu Abend gegessen.

„Fredi, Fredi — ein Champagnerglas für den Herrn, Fredi!"

Ich bedauerte, ich tränke niemals Champagner.

„Wie kann man nicht Champagner trinken! Warum trinken Sie nicht Champagner?"

Frau Edith, peinlich berührt, zupfte ihren Gatten leise am Aermel.

„Aber Cigarren rauchen Sie doch? Nehmen Sie,

junger Mann, nehmen Sie! So 'n Kraut rauchen Sie
nicht alle Tage."

Ich bin kein Pedant. Ich nahm also das Kraut, das
ich nicht alle Tage rauche, froh, ihr damit los zu sein,
und schob sodann mit einiger Kaltblütigkeit einen Stuhl
zwischen Frau Edith und den Verehrer du jour, der auf
ihrer rechten Seite saß.

Dann sprach ich leise mit ihr. Man darf sich das
schon erlauben.

Fünf Minuten später waren wir im richtigen Fahr-
wasser.

„Sie erinnern sich an das Fest im vorigen Jahre,
gnädige Frau?"

Sie stutzte. „Warum fragen Sie?

„Ich denke an jemand, der —"

Sie lächelte kalt und zupfte ein Blättchen von einer
der Rosen, die, von der Wärme des Körpers versengt, sich
zum Fallen auseinander gebreitet hatte.

„Nun — der — — —?"

„Der damals voll freudiger Hoffnung nach Berlin geeilt war, und der heute vergebens darüber nachsinnt,
warum diese Hoffnung, die Hoffnung seines Lebens, sich
nicht erfüllte."

Ueberrascht sah sie mich an und lächelte wieder. Doch
jetzt war's ein Lächeln freudiger Genugthuung, das ihre
Züge erhellte; dann, das Blättchen zwischen die Lippen
steckend, flüsterte sie durch die hohle Hand:

„Ich sehe, dieser jemand hat Sie zum Vertrauten
gemacht."

„Und wenn dem so wäre?"

„So sind Sie auch sein Abgesandter," flüsterte sie
noch leiser.

„Unversöhnlich ist sie nicht, diese Frau!" dachte ich bei
mir, und laut — d. h. immerhin noch leise — sagte ich:
„Ich wünschte, ich wäre es, gnädige Frau! Aber leider
sprach ich nur für mich, als ein Neugieriger, der gerne in
die Karten schaut, wenn andere miteinander — spielen."

„Ich habe nicht mit ihm gespielt." Sie biß das Blättchen
mitten durch, so daß die eine Hälfte in ihr Weinglas nieder-
flatterte.

„Und doch," erwiderte ich, „wie kam es, daß Sie ihm
an jenem Abende so verändert entgegentraten?"

„Ich ihm? — War er es nicht, der mich auf jenem
Feste wie eine Fremde behandelte?"

„Aber vorher — in Ihrem Hause?"

„Hat er sich vorher nicht noch häßlicher benommen?
Warum lief er plötzlich davon, als seien die Furien hinter
ihm her? — — — O, — ich hatte alle Ursache, mit
ihm böse zu sein."

„Und noch weiter vorher. — Bitte, erinnern Sie sich,
Frau Edith! — Als Sie den Salon betraten, in dem er
auf Sie wartete — warum wehrten Sie ihn so eisig von
sich ab?"

„Warum? Ganz einfach!" — mit hellem Lachen wies
sie auf ihre Rosen — „weil der schreckliche Mensch mir beinahe mein ganzes Ballkleid zu nichte gemacht hätte."

Ich aber neigte mich nieder und küßte in aufrichtiger
Dankbarkeit Frau Ediths weiße, schönberingte Hand.

*   *   *

Eine Stunde später verließ ich das Fest. Und als ich einsam im Café Bauer saß, zog ich aus dem Erlebten folgende Lehre:

Von dem Weibe, das du liebst, fordere vor dem Balle — nichts, nach dem Balle — — —

Ah, da kommt die Friseurin!

Inhaltsverzeichnis.

―――

―――